城市微光系列

韩绍敏/著

ALL THE YEARS ARE GOOD TIMES

行年方是韶华

（上）

重庆出版集团 重庆出版社

图书在版编目(CIP)数据

行年方是韶华/韩绍敏著. —重庆:重庆出版社,2019.12
ISBN 978-7-229-14631-3

Ⅰ.①行… Ⅱ.①韩… Ⅲ.①长篇小说—中国—当代 Ⅳ.①I247.5

中国版本图书馆CIP数据核字(2019)第271542号

行年方是韶华
XING NIAN FANG SHI SHAOHUA
韩绍敏 著

责任编辑:钟丽娟
责任校对:朱彦谚
装帧设计:刘沂鑫 Reira

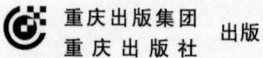

重庆出版集团 出版
重庆出版社

重庆市南岸区南滨路162号1幢 邮政编码:400061 http://www.cqph.com
重庆出版社艺术设计有限公司制版
重庆升光电力印务有限公司印刷
重庆出版集团图书发行有限公司发行
E-MAIL:fxchu@cqph.com 邮购电话:023-61520646
全国新华书店经销

开本:787mm×1092mm 1/32 印张:16.625 字数:298千
2019年12月第1版 2019年12月第1次印刷
ISBN 978-7-229-14631-3
定价:58.50元(上下册)

如有印装质量问题,请向本集团图书发行有限公司调换:023-61520678

版权所有 侵权必究

自 序

姚暹渠是一条古老的水渠,东出夏县,从我的家乡村南流过,向着永济的五姓湖逶迤西去。村里的人们都叫它"大埝"。

孩提时的记忆里,姚暹渠荒草漫坡,杂树乱生,渠水时有时无。虽然家里的地头就紧挨着姚暹渠的北坡,但大人们总是说,渠里有狼,不要上去玩。可是越危险的地方越能激发少年的好奇心,何况那上面还有让人垂涎欲滴的大红酸枣!

20世纪80年代末,改革开放的春风已经吹遍了神州大地的每一个角落,姚暹渠脚下的家乡也不例外。父辈们照例披星戴月,早出晚归,生活虽然能比以前好些,但仍走不出贫困的阴影,上有老、下有小,让他们放不开胆子,下不了决心,只能在畏畏缩缩中做些小尝试;兄辈们早早告别了校园,他们不甘屈服于命运,想走出"面朝黄土背朝天"的传统农耕,却苦于无技术,只能凭一腔热血去闯,去拼,头破血流、遍体鳞伤,却依然不折不挠,因为他们没有退路。

在有姚暹渠陪伴的年少岁月里,我目睹和经历了家乡的变化,身边人群的变化。这变化中有痛苦,有喜悦,有悲伤,有欢笑。

我知道,变化是客观存在的,是不可避免的。但生活在这片土地上的人们该怎样通过变化去创建更加美好的家园,去追求更加圆满的幸福,则需要我们深深地去思考。

我的黄土地,我的姚暹渠!我的父老乡亲,我的兄弟姊妹!我的爱有多深沉,我的笔下就有多少欢欣和泪水!

第一章

1

1986年的河东大地，才入九月，秋色早早就浸染了山野，红浓绿淡，深紫浅黄，晴空万里，天高气爽。从晋陕豫三省交界的风陵渡向东北而望，越过莽莽苍苍的中条山脉，便是一望无际的运城盆地。古老的盐湖水势正盛，波光粼粼，湖天一色。盐湖向北地势渐高，一条郁郁葱葱的土岭东西横亘，与中条山脉一北一南联合将百里盐湖环抱怀中，这便是前人为提防盐湖洪涝而修建的姚暹渠。

《安邑县志》记载："姚暹渠，古名永丰渠。源自夏县白沙河，一名巫咸河，经过安邑、运城，又西至解州，由虞乡西北入五姓湖。周齐间废。及隋大业间，都水监姚暹复浚渠以刷诸水,俾不浸池坏盐,亦利灌溉。民赖其利,故以其名名之……统计渠长一百二十里。"经过姚暹的重新开凿,渠道更宽,渠身更厚。两侧的地势北低南高,北堤坡度较缓,相对较低,杂草野树遍生其上,南堤则高出地面六七十米,赫然一道山岭横亘于前,堤坝之上,歪脖的榆树、粗实的洋槐,还有枝丫突兀的柿树,枝叶繁茂,绿荫丛中掩映着一条羊肠小道,来来往往的行人把它踩踏得平整、瓷实。

时近中午,路上难见人影。赵洋便在路边树下寻了片稍微平整的草地,用手中的包袱一铺,四肢摊开地躺了下去,一块凸起的草皮垫在他的腰部,软软地让他很是舒服。他家的棉花地就在渠北边,连日的晴朗天气,太阳暴晒让雪白的棉花开满枝头。秋天就是收获的季节,各种农作物都在这时候不约而同地成熟了,眼看开学日子就要到了,赵洋想抓紧这几天替家人干些农活。吃过早饭,他就向父亲赵广厚打了招呼,拿了一个包袱、两条大编织袋,骑上自行车就来到姚暹渠边的棉花地。几个来回下来,一条编织袋便鼓了起来,另一条也满了一半,太阳眼瞅着就快到头顶了。由于棉花花朵盛开后会垂条,露水或叶屑沾上去就可能影响色度和质量,赵洋便决定歇上一会儿把剩下的摘完。他把编织袋扎紧,堆在地头,自己拎着包袱爬上渠顶,渠里几乎没有什么水,他踩踏着渠底茵茵的绿草攀上南堤,折了几条绿叶茂密的枝条,给自己编了一顶凉帽,然后找了块阴凉歇一会儿。

正迷迷糊糊间,忽然听到一阵呼喊声传来,随之慌乱的脚步声也由远及近,赵洋一骨碌爬起,看见树影交错的小路东头有两个姑娘正向这边跑来,她们一边哭喊着,一边胳膊乱舞。赵洋随即明白是怎么回事了,他抓起包袱和枝条编的凉帽撒腿飞奔过去,一边把包袱抛给她们,大喊:"蹲下,盖住脸和手!"一边疯狂地挥舞着凉帽,朝着迎面扑来的土蜂冲了过去。

幸亏土蜂群规模不是很大,在赵洋用力的拍打之下,很快就土崩瓦解,四下逃散了。赵洋长吐了一口气,回头看两个姑娘,她们躲在树后,藏在包袱下面还在瑟瑟发抖。

"没事啦,出来吧!土蜂没蜇着你们吧?"

好一会儿,两个姑娘才移开包袱,满是惊恐的眼睛从凌乱的头发间露了出来。一个和赵洋年龄相仿,穿着件红格格衬衫,虽然有些旧却甚是整洁,一头乌亮粗黑的短发衬托下,圆润的脸庞显得秀气而又精干;另一个略显瘦小一些,可能是她的妹妹,一双黑溜溜的眸子一眨不眨地盯着赵洋看,脸颊上还留着晶亮亮的泪水。

两个姑娘检查了一遍自身,除去裤腿上扎了好些枣刺,鞋面上满是尘土外,身上倒没有被土蜂蜇到。赵洋新编的凉帽则由于刚才用力过猛,早已被打得四散五裂,支离破碎,无法再戴。赵洋随手把它扔进了渠里,捡起自己的包袱,说道:"没事就好。你们走吧!"弯腰钻进树丛准备回到渠北继续干活。

"哎……"身后一声轻呼。

赵洋回过身,红格格衣服的姑娘脸红红地看着他,"谢谢……你……能不能好事……做到底,帮我俩取一下那个花花包包?……我俩摘了一上午的酸枣!"

姚遑渠的南堤高出地面好多,宛如一面山坡,密密麻麻遍是低矮的酸枣树。现在正是酸枣成熟时节,红彤彤的果实如同千千万万个小灯笼,盈盈地挂满枝头,诱惑着每一个馋嘴的少年。漫坡遍野的酸枣既不花钱,数量又多,酸酸甜甜,吃起来津津有味,不光是孩子们,就连大人有事没事也喜欢往嘴里扔上几颗,咀嚼半天。赵洋在集会上经常见到有人叫卖,一毛钱一洋瓷碗,个大成色好的也不过一毛五,应该算是便宜的,但孩子们哪有零钱,想吃就得自己去摘。姚遑渠的酸枣个头大,肉多,好吃但摘采麻烦:一是坡面地势较陡,不易站立;二是枣刺纵横,稍不留心就会被扎伤划破,最要命的是土蜂,这些家伙把窝巢筑在杂草丛中,极难发现,谁要是招惹了它们,后果可是不堪设想。刚才这两个姑娘肯定是不小心碰到了土蜂窝,这才吓得死命奔跑,连装酸枣的包包也顾不上拿了。

还算好,那个包包挂在一棵较粗的酸枣枝上,距路面大约七八米。赵洋把包袱蒙在头上,只露出眼睛,又找了根两米多长的粗树枝,绕过丛丛枣刺,小心翼翼地踩着草根一步步走下去。包包里酸枣装了不少,沉甸甸地垂着,赵洋怕枣刺划了包包,特地逼近了几步,亏得是附近回来的土蜂不太多,赵洋轻手轻脚没有惊动它们,用树枝把包包慢慢地钩了回来。

年龄小的姑娘飞快地扑上来,一把将包包抱在怀里,刚才还沾满泪水的脸颊笑意绽放,"谢谢哥哥!"

赵洋是家中老幺,长这么大还没有人叫过他"哥哥",第一次被女孩子这么叫很不习惯,一下子脸就红了。他慌乱地摆了摆手,赶忙冲下渠里,跑向渠北自家的棉花地。

9月4日是解州中学高一新生开学的日子。尽管校园里的人流络绎不绝,但姚晓云还是在嘈杂的人群中一眼就看见了赵洋。这个男生穿的还是那天的衣服,左手拽着一捆被褥斜扛在肩头,右手提着一个木箱子,张望着从姚晓云跟前走过。虽然姚晓云穿的也是那天的红格格衬衫,但显然赵洋没有看见她。

崭新的高中生活对姚晓云来说,没有太大的吸引力。她自己学习成绩不咋好,母亲高淑梅常年抱病在身,地里的农活好多时候都要靠她来干。妹妹晓雨小她2岁,却极是聪明伶俐,上学也早,现在都已经升初三了,那才是块读书的料。父亲姚满财脑瓜子其实也精明,却运气一直不好。改革开放在农村已经好几年了,村里和他相仿年纪的男人,有些出去跑买卖,有些承包土地搞种植,现在都开始腰包鼓了起来,姚满财却是干啥赔啥,早先养兔子碰上了传染病,死得一只不剩,前年种药材,却上当受骗买了假种子,连本钱都搭了进去。老母亲已七十有三,身体一天不如一天,老婆呢,常年离不开药罐子,眼看着两个女儿都到了如花似玉的年龄,家里的日子却还是紧紧巴巴,不要说给孩子做上几身好看的衣服,就连她们上学的学费都难凑齐。这几年点儿背,左邻右舍都借遍了,谁还敢再给他。幸亏两个女儿都还懂事,穿戴方面都不怎么挑拣,大女儿晓云一件红格格衬衫,晚上洗,白天穿,一热天就这么搞过去了。小女儿晓雨基本上穿的都是姐姐穿小了的衣服,整天跟着姐姐跑前跑后,也能帮不少大人的忙,光是这一阵子姐妹两个趁闲工夫爬上姚暹渠摘采酸枣都卖了好些钱呢!

但是姐妹两个一齐开学家里还是有些紧张,晓云便吵闹着不想继续上高中了,姚满财也知道大女儿念书不怎么样,但几经折腾都惨遭失败的他心里很清楚文化知识对发家致富的重要性。"读书改变命运",他不想让两个女儿像他一样面朝黄土背朝天,在田地里讨食过日子。另外,他还有个自己小小的心思,就是想让女儿在高中里结识更多的人,说不定能碰上一个家境殷实的男同学。他对自己女儿的长相还是蛮有信心的。这样即使晓云成绩不好,考不上大学,但若能找一个好人家嫁了也算是对她将来有个交代。所以今天晓云开学,他非要陪着女儿,前前后后帮她打理一切,一边细细打量着来来往往的人群。

一个熟悉的身影进入他的视线,这不是高小时的同学李茂林吗?两人在学校的时候关系挺不错,只是后来李茂林考上了雁门关外的晋北师专,而姚满财因为家庭成分问题回了农村。虽然快20年没见面了,但李茂林看上去没有太大的变化,依然是白白净净。也许人家是"干事"人,不像他整天东奔西跑,风吹日晒,脸上写满沧桑。现在李茂林既然出现在解州校园里,肯定是他从外地调回这里当老师了。

姚满财紧几步走过去,计划拍李茂林的肩膀,但看了看人家整洁的衣服手又缩了回来,就跨到他面前,大声道:"茂林,我是满财。你现在在这里教书?"

李茂林愣了一下,但随即笑了,"满财呀,吓我一跳!"说着一巴掌拍在姚满财肩头,"老同学,多年不见了!"又上下打量着他,"怎么,今天你是送娃上学?"

"可不是!"姚满财点着头,向姚晓云招招手,"云云,过来。"把姚晓云拉到李茂林面前说,"这是你茂林叔,我老同学!"

姚晓云有些紧张,但毕竟是大姑娘了,她脸微红,咬了一下唇,看着李茂林说道:"叔叔好!"

李茂林倒很随和,他笑了一下:"好家伙,满财,你女儿这么大了,都上高中了,我女儿才上初三。"他看着姚晓云说:"你叫啥名字?哪个班的?"

"姚晓云,高一(2)班。"

"呵,真巧!正好是我的班。我就是你们班主任,兼数学老师。"李茂林把头一摆,"走,手续办完了就去认一下咱们教室。"

在回村的路上，姚满财骑着他那辆除去车铃不响其他都响个不停的二八自行车，优哉游哉地哼着小曲，心情相当的好。他今天不虚此行，收获了两个重要成果：一来见了老同学李茂林，女儿放在他的班，多多少少能享受些照顾；二来也是最重要的一个成果就是李茂林给他找了一个工作。这眼看中秋一过，棉花一收，小麦一种，地里面的农活基本上就没有了，他这几天正琢磨着赶紧找个事干，家里老老小小几口人天天都要花钱呢。正巧李茂林说他弟弟旭林在金井乡开了个轧花厂，现在正是缺人手季节，雇了好几个人都忙不过来，早就想找个人打理照料。姚满财以前干过村里生产队的会计，这种记账、管理之类的活，他还是比较在行的。这几年周围这几个乡镇种棉花的越来越多了，毕竟种棉花的收益比种小麦要大得多。各乡镇上收购棉花的采购站卡得严，人还多，老百姓卖个棉花有时得耗上一天。李茂林弟弟李旭林属于那种脑子灵活、有点关系的人，自己贷款办起了轧花厂，轧花、打包一体化，快捷方便。而且有些人觉得到采购站卖不上价钱，可以就地卖到这里。这里相对采购站来说，挑嫌（方言：挑刺、找毛病）的要慢多了，所以来这里加工棉花的农户数量很多，估计到过年的时候都有活干。这样后半年既有钱挣又不受冻，还能给家里省点炭钱,姚满财觉得美滋滋的。

姚晓云呢,这几天心情也不错,脸上笑意盈盈,虽然当初她吵闹着不想再上学,那只是因为她不想给家人增添经济压力,其实她对丰富多彩的校园生活还是蛮向往的。作为家中的长女,她乖巧,听话,困窘的家境又迫使她格外地懂事,所以尽管她学习成绩不是很好,但自小还是得到老师们的喜爱,这次的班主任又碰巧是父亲的同学,任命班干部时,她就成了团支部书记。团支书在高中里虽然没有什么实质性的职权,但还是给了姚晓云满满的心劲,她觉得自己胸膛一下子挺直了好多,再也不为来自贫困的家庭和身上过时的衣裳而自卑了。

还有一件让她欢欣的事情就是赵洋也在这个班,并且还是班长。这个身材略显瘦削,骨架却颇结实的男生自从那天在姚遛渠上帮她们姊妹俩赶跑土蜂群以后,就深深地走进了她的心田。也许是因为没有哥哥姐姐,父母也经常由于忙碌而忽视她们,在姚晓云的心里,自小就渴望能有个人照顾和保护她。在好多次的梦里,她都见到一个人为她遮风挡雨,替她扫清路上的障碍,让她能够大步地向前跑,可是,她始终看不清这个人的面目。那天在姚遛渠上当她心有余悸地揭开包袱向外探望的那一刻,映入眼帘的这个男生让她产生一种似曾相识的感觉,这种感觉就像一股细流流过一片荒漠,在瞬间渗遍她全身的毛细血管,使她在麻麻酥酥中感受到舒爽和欣喜。

姚晓云打心底是要感谢他的,只是少女的矜持和羞涩让她还没有想好该怎么向他表达谢意时,赵洋就转身跳下渠,消失在北面的杂树丛中。山不转水转,两人又在解州中学的校园里相遇,并且在同一个班,也真是算有缘!此时,正是下午活动时间,姚晓云坐在教室里自己的座位上,盘算着该怎么把这一小袋酸枣送给赵洋。这些酸枣是开学前卖剩下的,她偷偷给自己带了一些。今天是9月10日,全国第二个教师节,她还计划给班主任李老师送上一小袋,剩下不太好的就留给自己,毕竟其他同学多多少少都可以到学校小卖部买些零食吃,而她就只有这些。

赵洋低头在书桌抽屉找课本的时候才发现装酸枣的包包。同桌王红雷正在埋头抄笔记,赵洋侧身悄悄打开,一看见颗粒饱满的酸枣,他就明白是怎么回事了。他抬头看了一眼左前方的姚晓云,对方正好也在侧头看他。见他往这边看,姚晓云快速地扭过头去,她知道自己的目的达到了。

赵洋在开学第一天见到姚晓云走进教室的时候,也一眼就认出了她。不光是她的红格格衬衣没变,在姚遑渠上她请求他取回装酸枣的包包时,那大大的眸子中隐含着丝丝缕缕的忧郁让他久久难忘,那份忧郁一下刺穿了他内心的最软处,让他无法拒绝她的任何请求。只是他是一个不太爱说话的人,人家又是一个不太相熟的女生,这几天碰见也只是点点头,没有过多的话语。

赵洋他们村就在姚遑渠的北面,自家的庄稼地就紧靠姚遑渠北堤,只不过北堤相对地面较低较平,好多农户都尽力开发利用种上了庄稼,想吃酸枣还得去坡陡如山的南堤。很小的时候,哥哥赵海就带着他到南堤摘酸枣。南堤向阳迎风,枣树长势良好,果实红润饱满,但是因为坡度大,枣刺密,采摘酸枣经常被钩破衣裤,划破手脸,更可怕的是还有蛇和土蜂,前几年据说有人还在姚遑渠上见过狼,所以采摘酸枣大多都是男孩子,且是结伴而行的。姚晓云和妹妹晓雨两个女孩摘了那么多的酸枣,应该是冒了多大的风险,费了多大的劲呀!

赵洋揣着这包酸枣忐忑不安,他经常摘酸枣,知道一个女孩家摘得这些个大色好的酸枣是多么的不容易,但要是再还给她恐怕不合适,赵洋思来想去决定还是另换个方式来回报她。

星期六下午上完第一节课后,学校就放假了,学生们争先恐后,蜂拥而出校门,四散回家。赵洋因为是班长,等到班里同学都离开了,他才关上了窗户,又来回看了一下再没有什么遗漏,才锁上教室门回到宿舍,把需要换洗的衣服和咸菜瓶装进一个布包里,然后骑上自行车慢悠悠地踏上归程。

解州是个古老的乡镇,传说是黄帝斩杀蚩尤的地方,故称"解"。镇东有黄帝军师风后的家乡社东村,再往东就是三国蜀汉名将关羽的故乡常平,镇西有全国最大的关帝庙。而赵洋的家则在解州以北的龙居镇,相隔十五六里,中间夹着一个车盘乡,解州—车盘—龙居三乡镇之间倒是有一条大路,但是车多,而且在车盘村十字路口偏南的地方,由于地势低洼,经常积水,路况尤其不好。所以赵洋平时往来解州走的都是村间小路。

越过横亘东西的(大)同蒲(州)铁路,穿过水波粼粼的硝池滩,前面就是阡陌纵横的庄稼地。赵洋远远地看见姚晓云在前面走,她提着一个布包包,脚步迈得很快。九月的日头仍然很毒,赵洋能清楚地看到她不时地抹一下额头的汗水,越加近了甚至能听见她明显的喘息。赵洋想了一下,猛地蹬动脚踏,蹿到姚晓云前面,说道:"坐上来,我捎你走!"

姚晓云吃了一惊,她愣了一下,看看四周,还是坐上了赵洋自行车的后座。家里面只有一辆破旧的自行车,平时父亲还要用,她外出几乎全是靠双脚走路。

20世纪80年代中期的高中生,异性之间的交往虽然已不少见,但刚刚相识不久的两个高一新生就这么近距离地同乘一辆自行车,骑行在路人稀少的乡村小道上,还是让赵洋心跳不已。但是他觉得这是回报姚晓云送他酸枣的最好方式,别说是同学,就算是陌生人,他也不忍见一个小女生在烈日下踽踽独行。

通过交谈赵洋得知,姚晓云也是龙居镇的,不过她村子在姚遢渠南侧,与赵洋家的村子隔渠而望。她初中就是在龙居中学上的,而赵洋却上的是离家较远的羊村中学。

赵洋载上姚晓云以后,自行车骑得就快了,没多久就到了姚晓云的村口,赵洋捏住车闸,姚晓云跳了下来。

"谢谢你!嗯……"

赵洋见她一副欲言又止的样子,便说:"怎么,还有什么事吗?"

姚晓云咬着唇,低着头想了一会儿,猛地扬起脸,看着赵洋说:"我刚才走得那么快,是想去接我妹妹,她在龙居中学上学。你能和我一起去吗?"

"行,走吧!"赵洋没有问她为何还要大老远地接妹妹,人家既然急急火火地往回赶,肯定是有原因的。龙居中学距此并不远,翻过姚遑渠往北二三里就到了,赵洋一路疾蹬,很快就到了姚遑渠南堤下,上渠的坡度太大,两人只好下车推行。将近渠顶,渠北路边的树梢已清晰可见,突然前面传过来一阵嬉闹声,姚晓云脸色一下变了,她涨红了脸,急速向前跑去,赵洋推着车赶忙紧追其后。

渠北桥头的大路边,四五个男生斜跨着自行车,把一个女孩子(赵洋一眼就认出了那是姚晓云的妹妹姚晓雨)团团围在中间,另有两个男生倚坐在桥边的砖台上,拿腔捏调地唱着:"姚满财,没有财,有云有雨下不来……"气得姚晓雨跺脚大骂:"放你妈的狗屁!"

两人的出现使喧闹的场面一下静了下来。赵洋一把拉住了怒气冲冲的姚晓云,他把自行车撑好,随手在砖台上拎起一块砖头,慢悠悠地走到桥边的两个男生面前,选了一个所有人都能看见的角度,把砖头放在台上,一半悬空,抬起左脚踩紧另一半,深吸了一口气,猛地一掌劈下去,砖头应声而断。

80年代初期,电影《少林寺》《武当》,电视剧《霍元甲》《陈真》以及大量香港武侠录像在内地的热播,深深地迷倒了赵洋这个年龄段的大批少年。赵洋曾和同学、伙伴们一起，在家里，在地头，在校园，蹲马步，翻筋斗，压腿舒筋，徒手砸砖碎瓦……用年少热血诠释他们对武侠的崇拜和喜爱。像他们这个年龄段的男孩，大多都有过这种经历，单手劈砖好些男生也试过，但这是一块青砖，不是相对松脆的红砖，而且上面还有一层厚厚的水泥，坚实度还是比较大的。那几个可能也"练过几手"的初中男生还算识货，都齐齐吸了一口凉气。

赵洋拍了拍手上的尘土，指了一下姚晓雨，说道："这是我表妹。今后不管是在哪里，你们谁再敢找她麻烦，就先好好看看这块砖头！"经常干农活的赵洋身材比较结实，加上又已是高中生，还是有一定震慑力的。这几个初中男生见势不妙，立马一声不吭，骑着自行车瞬间窜得远远的了。

姚晓雨盯着那几个男生消失在远处，似乎仍余怒未消，她看了姐姐和赵洋一下，没有说话，把书包往肩上一甩，大踏步地走了。赵洋这才仔细地打量了她，初三学生姚晓雨已经长成一个清秀的少女了，她比姐姐要瘦些，但肤色更白，上扬的唇角显示出男孩子般的倔强，走过去的脚步也是铿锵有力，落地有声。

姚晓云走到赵洋跟前，轻声问道："你手没事吧？"赵洋笑了笑，晃了一下手，"没事，习惯了！"但还是有些疼，毕竟好长时间没有这样了,他揉捏了一下手掌,准备去推自行车,"走,给你俩送到村口。"姚晓云抢过自行车,"我来推吧。你刚才那么猛,挺吓人的。你还是多揉揉、活动活动筋骨好些。"

这样姚晓雨走在前,赵洋和姚晓云跟在后面,姚晓云慢慢讲了这些事情的缘由。由于这几年父亲干啥赔啥,没有一样顺利,眼看着村里面其他人都发财了,盖新房了,自己家里却还是破破烂烂的,而且还欠了不少外债,好些人都看不起他们家。偏偏这两个姑娘还算争气,虽然没有穿过一件好衣服,却出落得比谁都水灵,自然就成了一帮男孩子围攻、戏弄的对象。在学校里面有老师管教,那些男生还稍微收敛些,碰到放星期回家,他们就变得肆无忌惮。以前姚晓云和妹妹在同一所学校上学,路上她俩还能相伴照应,现在只剩下妹妹晓雨一个人在龙居中学了,她就十分放不下心,所以一放星期,她就急忙往回赶,去接妹妹。

两人说着话不觉间就到了村口姚晓雨在前面远远地停了下来,虽然没有回身,但显然是在等姐姐。赵洋接过自行车,说:"没事!以后每星期回家我都从这条路上走,我村就在龙居中学跟前,我负责把你妹妹送回来,你就别操心了,在村口等着就行。"

"那……太麻烦你了吧?"

"不麻烦,我就是顺路。再说我骑自行车,速度快,不费啥事。估计我照护上五六次,那些男生慢慢知道了,就不会再欺负你妹妹了。"赵洋斜身跨上自行车,"好了,我走了,你也赶紧回吧,你妹妹等着你呢!"说着脚下一使劲,车和人一下子就窜得远了。

姚晓云目送赵洋远去,紧走几步赶上妹妹,姐妹两个一起往家走。她一边走着,一边想着家里可能还有什么活马上要干,父亲是不是在家？蓦地姚晓雨问道:"姐,前几天在姚暹渠上是不是就是他?"

姚晓云还没从思绪中反应过来,呆了一下才想到妹妹是在说赵洋,便点了点头,"是,他叫赵洋,现在是我的同学,还是我们班的班长。怎么啦,你认识他?"

"不认识,我就是问问。"姚晓雨摇摇头,把脸侧向一边,不再说话了。

第一章

2

姐妹俩刚进院门,就听见父亲姚满财在屋里说话,神采飞扬的,嗓门挺高。见到两个女儿进来,姚满财急忙拿过来自己那个拉链已经坏了,带子也磨出毛边的黑色人造革公文包,从里面拿出一个塑料袋,"云云,小雨,你俩过来。今天爸在镇上扯了块布料,现在天慢慢就凉了,给你俩一人做一件外套,看看这花样你俩喜欢吗?"

"爸,你怎么好好的想起来买布料了,这又不是过年,家里不是都没钱吗,你挣下钱啦?"姚晓云有些吃惊,这突如其来的惊喜让她有些摸不着头脑,她看了看盘坐在炕上的奶奶,还有正在张罗做饭的母亲,她们的脸上也都洋溢着喜色。

"我还没有挣下钱,但是我已经找下了一个挣钱的好活,咱们很快就有钱了。"姚满财展开布料在女儿身上比画着,"前几天送你俩去书房(方言:学校),看着人家娃都穿着新衣服,爸心里就不美气。你俩都长成大女了,又在外上学,衣着打扮也很重要,不能让别人小看。今年爸挣下钱,过年时候直接给你们买套成衣,给你奶和你妈也做件好衣服,也能在村子里逛逛,风光一下!"

姚满财今天为啥心情这么好?是因为他今天一大早去了趟金井乡,找见了老同学李茂林的弟弟李旭林。金井乡在龙居镇以西,相距不过十来里。李旭林的轧花厂就建在姚遥渠南的大路边自家的承包土地上,场地开阔,交通便利。

姚满财坐在轧花厂的门房里等了好久,李旭林才从外面回来。这家伙和他哥长得不太像,李茂林白白净净,文弱书生一个,李旭林却长得五大三粗,骑着一辆和他体形挺相配的幸福250摩托车,这在农村可是个少见的新玩意儿,红色的,跑起来排气管直冒蓝烟,挺扎眼。

姚满财才掏出他刚刚在村里小卖部买的四毛钱翡翠香烟(就是这也是他考虑了好半天才狠下心买的),李旭林就一把把他挡了回去,"姚哥你客气啥?这两天忙得很,嗓子干得都不敢抽烟了。我这有烟,这烟抽着润润的,不干,口感好。"说着从桌子抽屉里摸出两盒硬春红梅,塞给姚满财,"你的情况我哥都给我说啦,我现在就需要像你这样的人。我这人文化少,没念啥书,在外面跑还可以,厂里面的写写算算,日常管理需要姚哥你来操心。你看你什么时候能过来上班,吃住全包,有我哥的脸面,工资上肯定不亏你,一天6块钱,一个月180。另外,你抓紧时间给咱们招上几个年轻小伙,管吃,一天,5块钱,一个月150,你觉得怎么样?"

这还能怎么样,城里面那些干公家事的不是每月也不过一百四五吗?姚满财心里是十二分的满意。离开了轧花厂,姚满财骑着自行车慢悠悠地穿行在姚暹渠南堤的林间小道上,金秋的凉风凌空吹来,清爽而惬意。他索性把车闸一捏,把没有车撑的自行车往路边树上一靠,找了块石头面南坐了下来。蓝天白云下,中条山的每一根筋骨都清晰可辨,大大小小的村庄散落在灰黄绿红交错分布的旷野里,如蚁般的农人在田间忙活着,甲虫一样的拖拉机也在地头穿梭着,发出一阵阵轰鸣……

这,就是他赖以生存的土地!

姚满财在口袋里随手一掏,低头一看摸出的是那盒硬春红梅(他不好意思,只装了一盒),他犹豫了一下,叹了一口气,果断地撕开了包装,用拇指和食指小心地捏出了一根,放在面前细细端详了半天,终于把它点着了。

　　这烟一盒估计得5块钱左右,姚满财琢磨着,他妈的,这家伙就是有钱。这年头,种小麦的不如种棉花的,种棉花的不如倒腾棉花的。哎!不过人家给的这个活也不错,就是搭陪个人,又不投资啥,不怕赔了钱。应了人家的事,就得赶紧处理好自己的家务,这两天先抓紧时间把麦子给种了,麦子虽然没有棉花收益高,但毕竟省事呀,抽空浇上两三次水就行了,不需要太多的投资。两个娃也该做件衣服了,两年了娃都没有添过一件新衣服,小雨可以穿云云的衣服,可云云总不能老拾掇她妈的衣服呀,好歹她都是高中生了,还有,老婆的止痛药也该再买些了,断的时间太长病要是加重了就更麻烦了。还有,眼看天气是一天天凉了,老母亲炕上的被褥也该换床新的了,铺盖了这么多年,早都变得又硬又沉,再在太阳下面晒都无法变得松软了。唉,不管怎么样,总算能挣下钱了,手头再紧,这些现在都要办。首先,回到家里面把那些搁置已久的笔墨纸砚找出来,写上几张招工广告,然后,去镇上。就这么办!

　　赵洋告别姚晓云后,一路疾蹬,没多久就到了村口,正好碰见哥哥赵海的朋友叶运平也骑着一辆自行车从外面回来正要进村。

"洋洋,你哥在家吗?"叶运平脸上洋溢着兴奋,手闸一捏,迎面就问。

"不知道,我刚从学校回来。怎么,有啥事?"赵洋和叶运平也很熟,他和哥哥自小是同学,初中毕业都一起不上了,两家来往很密切。

"好事!得给你哥亲自说。走,到你家看看去。"叶运平脚下一蹬,飞奔而去,赵洋紧随其后。

在家门口,正碰上哥哥赵海要去地里接运父母亲摘的棉花,赵洋便让哥哥和叶运平说事,自己骑着车去了地里。

叶运平进了屋,自己取了一个洋瓷碗,在水缸里舀了多半碗凉水,一口气灌了下去,这才接过赵海递过来的凳子坐下来。

今天下午他去镇上,在供销社门口看见了一张招工广告,说是金井乡一个私人轧花厂招工人,一个月工资150块钱。他和赵海去年在龙居镇上的采购站干过几个月,对这种活比较熟悉,私人工厂可能要累人些,但人家给的工资比采购站要高多了。他琢磨着这是个挣钱的好机会,便急急火火地来找赵海商量了。

两个年轻人自小一起玩大,又是一起商量的初中毕业后不再上学。这几年,改革开放政策的迅速普及,让村里不少的年轻人开了眼界,长了胆子,他们仿佛在一夜间对外面世界的认知一下子扩大了好多,外面的世界很精彩,平静的校园里已容纳不下一颗热血沸腾的心脏。赵海本来停学后想去参军,却在体检的最后一关被刷了回来。叶运平呢,因为父亲早逝,留下母亲和妹妹,让他无心在学校里读书,却也无法远赴大城市打工挣钱。地里面的庄稼活不是他们所擅长的,他们也觉得这黄土地里刨不出来他们所想要的财富,两个人就只能一边干着农活,一边打着零工,时不时坐在一起,聊聊谝谝,说一说感想,讲一讲见闻,共同谋划自己的未来。

年轻人还是比较喜欢干这种活的。虽然轧花厂里整天机器轰鸣,纤尘乱飞,但他们还是觉得比在庄稼地里被太阳晒着舒服,一来挣的钱多些,现成的也来得快,二来这里年轻人多,男男女女十来号人,大家说说笑笑,干活也不觉得有多累。轧花厂占地2亩多,坐东朝西,大门右侧一排平房是门房、办公用房和厨房。北面是存放籽棉的库房,东边和南边的一长溜八九米宽的石棉瓦钢结构敞棚子,是用来轧花和打包的车间。

叶运平和赵海有过采购站的工作经验,相对其他人来说算是老手,分别被安排负责管理轧花组和打包组。

轧花车间的女工多,附近村里的大姑娘小媳妇八九个人,戴着头套、口罩和袖套,围着两台大型轧花机忙不停。旁边还有台可以调节出棉宽度的弹花机,村里人需要做新被褥或是旧棉被胎清弹开松,都可以拿过来加工。

有活干的时候机器轰轰作响,大家都紧紧张张,又戴着口罩,自然不方便说话,但稍微能有些空闲,这些女工便扯下口罩,走到工棚外,呼吸上几口清凉的空气,抓紧时间聊上一会儿天。三个女人一台戏,家长里短,鸡毛蒜皮,絮絮叨叨没个完。个别胆大的调皮小媳妇还把话题引到周边这些小伙子的身上。这不,这个叫兰草的小媳妇开始笑嘻嘻地挑逗起叶运平来:"哎,叶大组长,你还没说下媳妇吧?"

叶运平是轧花组唯一的男工。小伙子瘦瘦高高,白白净净,各项活儿安排得井井有条,就是不太爱说话,尤其和不熟悉的女性。兰草这么一问,虽然戴着口罩,但还是能看出他的脸腾地一下红了,他扭头刚要走,兰草一把喊住他。

"哎呀,走啥呢?姐给你说真的。"兰草压低了声音,看看周围没人注意他们,接着说:"咱们灶房那个姑娘,小芹,那是我小姑子。你觉得怎么样?你要是愿意,包在姐身上!"

帮厨姑娘耿小芹,在叶运平的印象中还是不错的,人家会做饭,尤其做的南瓜面片他特别爱吃。小芹姑娘圆圆的脸蛋,一双时常笑得弯成月牙的大眼睛,两条粗黑的长辫子垂在饱满的前胸,惹得厂里的小伙子经常在私下里议论她,说身材丰满的女子将来好生娃。

家里面确实需要个这样的媳妇。但人家是否能看上自己家那光景呢?小媳妇家嘻嘻哈哈的说笑能当真么?

这件事对他来说也确实是个大事,所以叶运平在空闲的时候常常不由自主地思考这个问题。这一天早上,连下几天的雨还是没有消停,若有若无时不时地还会滴上几滴。10点多的时候,库房积存的棉花都已全轧成皮棉打成包了,赵海所在打包组的几个小伙子,除了一个嚷嚷着昨晚没休息好,拿了几条编织袋往棉花包上一铺,外套往身上一蒙开始呼呼大睡外,其他的都围在一起开始打起扑克来。轧花组的女工们则拿出纳了半截的鞋垫、才织成一个袖子的毛衣,围坐在一块儿,一边谝闲,一边忙开手中的活计。叶运平融入不到叽叽喳喳的女人群里,也没有心思去掺和打扑克,他给门房打了个招呼,独自走出了工厂。

深秋时节的田野乍看上去是萧条的,尤其是在淅沥的雨中,田野里的庄稼都收割得差不多了,间或有几片玉米和棉花地,空空的枝秆还在顽强地挺立,执着地守候着,但灰蒙蒙的天地间,如果你仔细看,就会发现湿润润的土壤缝隙里,嫩嫩的冬小麦已经开始露头,一行行细细的绿线,浅浅深深,时隐时现,遥看近却无。

希望,只是暂时蕴藏在土壤里,只要用心经营,最终会收获颗粒满仓!

出了厂门往北,便是草树苍茫的姚遥渠。叶运平刚刚走到跟前,一眼就看见渠顶上那个帮厨姑娘耿小芹正弯着腰,在草丛树间走走停停,好像在寻找什么。这姑娘,也真是嘴馋,这草坡又湿又滑,这么难走,也敢抽空上来找酸枣吃?叶运平一边思忖着,一边踩着草小心地往上走,突然间脚下一滑,他赶忙抓住一根树枝稳住身子,低头一看,鞋底上沾着几片黑乎乎的东西。

地地蔓!叶运平眼睛一亮。

当地人口中的地地蔓,其实就是地皮菜,一种真菌和藻类的结合体。夏秋时节的雨后,在姚遥渠的草丛里,这种东西如春笋般疯长,遍地开花,简直比酸枣还多。在这时令蔬菜逐渐淡出的季节,地地蔓无疑是一种美味!

耿小芹听到响动回过身来,看见叶运平被握拽的树枝洒了一头雨水,衣服上也是花花点点,一双好看的眼睛刚要弯起来笑,却又不好意思地忍住了。

"呀,是你呀,叶组长!这地湿路滑的,你怎么也跑到这里来啦?"耿小芹说着,放下手中的洋瓷盆,从口袋里掏出一块手绢递给叶运平,"擦一下你脸上的水吧!"

叶运平狼狈地摇了一下手,"不要紧不要紧!活都干完啦,我是闲得没事,出来胡乱转转。叫我运平就行了,什么组长不组长的,还不都是给别人打工的?"

耿小芹"扑哧"一下笑了,"头发上的水都流到眼窝里了,你还客气呢!"把手绢硬塞给他,"虽然都是打工,但是你懂技术,靠脑子吃饭,而我们啥都不会,只能下死苦。"

人家一片真心实意,叶运平不好再推辞了,他接过手绢,擦着头发和脸上的雨水,看见耿小芹放在地上的洋瓷盆里已捡了近半盆黑软溜滑的地地蔓。

"你到这上面是来捡地地蔓的?我还以为你是来摘酸枣呢!"

"下雨天的酸枣不好吃。我是见今天不忙,大家能有时间悠闲吃顿饭,就想着给大家改善一下伙食,捏个地地蔓胡萝卜包子,这东西烧个鸡蛋汤也挺好喝的。"

叶运平脸上微微有些发烫,他原以为这姑娘是嘴馋抽空出来找酸枣吃,不承想她又湿又滑地爬到这上面是为了让大伙能够美美吃上一顿中午饭。按说一个帮厨小姑娘,一天只有两块钱工资,主家买下啥就做啥饭,可她每次总是想着法子变花样尽可能让大伙儿吃得开心些,还费这么大劲捡地地蔓给大伙做"稀查"(方言:不常见的好吃东西),心中不禁对这个姑娘的好感又增添了好多。

反正自己也没事,叶运平便卷起袖子,和耿小芹一起在草根间寻捡起地地蔓。两人一边捡着,一边聊些家常。这耿小芹父母早逝,她就跟哥嫂在一起生活,而叶运平呢,家里也只有母亲和妹妹两个人,妹妹与耿小芹正好同龄。相似的家庭背景让两个人产生一种惺惺相惜的感觉,越说话越多,不觉间洋瓷盆就捡满了。估摸时间也快12点了,叶运平便端着盆子,耿小芹跟在后面,两人小心地下了渠,向厂里走去。

地地蔓好吃,但做起来麻烦。先要将地地蔓用水泡开,拣择出里面的杂草,再用清水淘洗多次去除泥沙才能干净。叶运平便把自己组的那些女工叫来,炒鸡蛋、切萝卜,粉条已经提前泡好,和的面也发酵了,大伙七手八脚,擀皮的、包馅的,摆笼的,烧火的……热气腾腾香味扑鼻的地地蔓包子终于踩着午饭时间点顺利出笼。

吃了中午饭,淅淅沥沥又下起雨来。看样子不可能再有人过来加工棉花,姚满财便让大家提前回家。本来正常下班时间是下午6点,但忙碌的时候经常加班,今天没有活干,加上现在天黑得早了,又下着雨,姚满财考虑到还有好几个女工,便决定在四点半收工,留下自己和门房老张守护工厂。

叶运平回到家的时候,妹妹俊萍正在门洞里洗衣服。连着阴雨几天,她终于有时间把家里的脏衣服都清洗一遍,却苦于没有地方晾晒,便在门洞两头扯了根塑料绳当晾衣竿。叶运平骑了一路自行车,衣服上溅了不少泥点,俊萍便让他脱下来换洗一下。

吃晚饭的时候,叶运平发现母亲和妹妹脸上都荡漾着一种喜色,而且两人不时还有眼神交流,似乎有什么好事在偷偷地乐。母亲一个劲地给他夹菜,劝他多吃些。叶运平中午在厂里地地蔓包子吃得挺多,本来就不怎么饿,加上刚才在路上和赵海说好的要去他家。赵海要在年底前结婚,秋忙过后家里就开始慢慢收拾了,拾掇房间,找木匠做家具,他和赵海整天忙于轧花厂的活,又没有个节假日,偏巧今天回得早些,叶运平便决定去赵海家看看有什么活能帮忙干干,因此尽管他心里有些疑惑却没有多想,吃了点饭就匆匆去赵海家了。

回来时已是晚上九点多了,母亲好像还没有睡下,一听见叶运平叫门就赶紧出来开了。迎他进来后,母亲飞快地关了大门,却没有回她和妹妹住的南屋,而是跟在他后面,一起进了叶运平住的西厢房。

15瓦的灰黄灯泡下,叶运平简单地清扫完炕铺,展开被褥后回过身,看见母亲坐在炕角,还是在静静地看着他,笑眯眯地一动不动,仿佛是他刚出了一趟远门,好久都没有见了。

"妈,怎么啦?你是不是找我有什么事?"叶运平大脑飞速地旋转,猜想着发生了什么事,从母亲的眼神里可以看出应该不是坏事,他绷紧的神经一下放松了。

"没……没有事……"母亲轻轻嗫嚅着,明显地欲言又止。

叶运平把母亲扶上炕,"妈,下雨天凉,你坐上去用被子盖住。没事就没事,你想和我谝闲我就陪你谝一会儿。你靠在被窝上舒服些。"

母亲赶忙摆摆手,"不啦不啦,你明天还要早起上班呢,我也没啥事,就是想……看看你……"

叶运平"扑哧"笑了,"哎,妈,咱们这不是天天都能见吗?"

"哎,是天天见面,可每天你晚上回来和早上走的时候还是不一样的。一天要出现多少事呀?你天天都在长大!"

"妈,你肯定有什么事要对我说,是吧?你就直说吧,把我都急的。"

母亲轻轻笑了,"哎,那我就直说了,妈也是心急得火燎火烧的。平娃呀,妈问你,你是不是在厂里找下对象了?"说着拿出一块手绢来,正是耿小芹在姚暹渠上给他擦雨水的那块,"萍萍在给你洗衣服的时候从裤兜里找见的,这上面的花花图案一看就是女娃家用的。妈就是想问一下……"

叶运平这才想起擦了雨水后,随手把手绢塞进了自己口袋,就忘了还给耿小芹了。叶运平面皮薄,即使是在自己母亲跟前,也不禁脸上一红。他从母亲手中接过那块已经洗净熨干,叠得四四方方的手绢,"妈,人家只是见我淋雨了,临时让我擦一下,我忘还给人家了。这事你就不要操心了,有合适的我会及时给你说的。妈,你看,也不早了,你回房休息去吧,我也瞌睡了。"

"好,好!你看这娃,一说这事你就撵我走。"母亲笑着嗔道,抬起腿下了炕,走到房门口,又扭头说:"人家女娃要是能看上咱们家这光景,你就把她领回来叫妈看看,行吧? 记着喔!"

送走母亲,叶运平上炕脱了衣服,拉灭了电灯,静静地躺在被窝里,却没有一丝睡意,母亲的话语在耳边一遍遍回响着,耿小芹的面容在眼前一遍遍跳跃着。他明白母亲的心思,理解母亲的焦急。好朋友赵海眼看也要结婚了,而自己父亲早逝,母亲拉扯他们兄妹二人不容易,他的婚姻,是家里的头等大事,是母亲最大的一块心病。

第一章

3

一层秋雨一层凉!绵绵的细雨很快就带来了河东大地的冬天,位于中条山北麓的解州中学也迎来了它最为寒冷的季节。呼啸而来的西北风撞向中条山体,掉头向北,劈头盖脸反扑过来,解州正好处于首当其冲的位置。你如果留心就会发现,这里的树很少有长得笔直向上的,好多都是向北倾斜,这自然是风力造就而成的。20世纪70年代末,《人民日报》曾刊登过一篇名为《中条山的风》的文章,后来还被收录进全日制小学五年级第十册统编教材中,中条山的风从此名扬神州。

赵洋正是读着这篇文章从小学毕业的,只不过由于盐湖北侧岗地以及姚暹渠的阻挡,龙居一带的风力并不强劲。来到解州上学后，他第一次感受到了中条山风的威力。解州中学的宿舍，今年刚刚进行了改造，大通铺的炕面，抹上了一层水泥。这样一来虽然少了尘土，灭了跳蚤，也便于打扫卫生，但到了冬天就不行了。为了安全起见，宿舍里是不允许生炉子的，坚硬的水泥炕面寒冷如冰，学生们的褥子下面大多都垫的是硬纸片、牛皮纸之类，有些家庭条件好的垫的是旧凉席，下面铺一层塑料布防潮。但即便如此，也照样挡不住逼人的寒气，睡在上面，一股股冷气钻过脊梁骨浸心透肺。鉴于此情况，学校推出一项措施，购买了一批床板，每张床板以25块钱的价格采取自愿原则出租给学生。赵洋没有租，25块钱，可是好几个月的菜钱呀！再说哥哥快要结婚了，家里花钱的地方多着呢，他不想再给家人增加负担。

教室后面有七八张多余的课桌，平时堆放在墙角。赵洋和同桌王红雷，还有另外两个男生，则把睡窝安在了这个地方。教室里面人多，比起宿舍要暖和得多。他们每天晚上等到下了最后一节自习，教室里学生走得差不多完了的时候，从宿舍里抱来铺盖，把撂起的课桌放下来靠墙一拼，四个人挤在一起，暖暖地睡上一觉。

在教室里睡觉，暖和是暖和，但就是不方便，晚上睡得迟,早上还得早早起。班里有几个女生,不知是在宿舍里冻得待不住,还是爱学习,反正每天早上早早就来教室了,逼得这几个大男生不得不提前起来,抱着铺盖赶紧回宿舍,一路上偷偷摸摸,还怕碰见了学校领导或者政教处的老师。

每天下午活动时间,教室里需要打扫卫生,这个时候,除去值日生,所有的同学都得离开这个唯一暖和的地方,出去找各种活动方式进行热身。好些男同学都去马路南侧的操场上打篮球去了。赵洋不喜欢打篮球,就选择了跑步。解州中学出了校门往东一二百米就是运城通往古魏国所在地芮城县的公路。路面不是很宽,向南一路上坡直通中条山下。赵洋一般跑到三四里外的水泥厂跟前,然后开始往回返,经过路东的驻运坦克部队军营时,又进去在里面操场的单、双杠上活动一番,这时候全身就能热乎乎的,很是舒服,便开始回学校。

上坡跑比较费劲,通常跑到水泥厂附近身上就发热了,因为怕出汗把穿在里面的衣裤浸湿了,赵洋在返回来的路上,一般是跑跑走走,有时也到路边林地里转转。

一个星期五下午的活动时间,赵洋打扫完教室卫生,照例出了校门往山上跑。这一天天气异常的好,晴空万里,彩霞满天,夕阳余晖正努力地把最后的温暖奉献给大地。风微微的,也没有平时那么烈,一点点的寒意反而让赵洋感觉甚是舒爽,他跑到水泥厂门前便停了下来,开始往回返。路西不远处的庄稼地里一个坍塌的小屋内袅袅升起着一股细烟,正好和西沉的落日连在一起,仿佛一个带线飘浮的大气球。这个季节,在野外点火取暖的人挺多,尤其是放学后的小孩子,不回家去,三三两两地在巷口、地头玩耍,冷了就扯点枯草,抱些玉米秆、棉花柴,点上一堆火,围在一起取暖。这片地里面虽然没剩下什么庄稼,但枯草挺多,旁边还是一片柿树林,要是有些小孩烤完火后没有把火完全弄灭,风一吹,极有可能引发火灾。赵洋决定去看看。

穿过柿树林的时候,赵洋抬头看见光秃秃的柿树枝上,偶尔还挂着几个红澄澄的柿子。这时候的柿子最好吃了,涩味早就被冻没了,软软的,皮却筋筋的,轻轻一吸,冰凉冰凉的甜!赵洋正好口袋里装着塑料袋,他便手脚并用,攀爬上树,摘了好些,以备上晚自习时肚子饿了充饥。下得树来,再往前走,就是小屋了,赵洋绕过残垣断壁来到跟前,看见墙角有一个用砖头垒成的简易灶台,一个熟悉的身影蹲在那里,正往里面添着枯树枝,似乎在烤东西。

姚晓云!

听到有人来的脚步声,姚晓云转身站了起来,看清是他,脸上的表情才不紧张了,原来她是在烤红薯。女生似乎是比男生更不耐冷,姚晓云她们那个宿舍近30个女生,只有五个女生没有租床板,不过有三个女生人家褥子下面垫着厚厚的纸箱片和油布,就只剩她和另一个女生啥都没有。好在有几个女生把自己的床板拼成一大片,说是挤在一起才暖和,硬是让她俩也加入她们的团队,姚晓云心里感谢同学们的好意,只是床板太窄,冬天的被褥又厚,挤在一起暖和倒是暖和,可是翻个身都比较困难。每天活动的时候,她总是路过操场南侧的麦地,从小巷里穿过,来到山脚下的田野里。虽然这里的风要大些,但吹在她身上却有一种清爽放松的感觉。教室里暖和,但是太闷了,老师讲的好些知识点她都不懂,她又不好意思问老师,问同学吧,问女生怕人家笑话她;问赵洋吧,又怕别人在背后议论他俩。她不知道现在班里的同学是否知道她和赵洋关系密切,每次周六放学她总是跨过铁道,走到车盘村那片滩地的时候,赵洋才从后面赶上来。每次坐上赵洋自行车的后座时,她总是心中"怦怦"乱跳,既怕有熟人看见,默念着快点到自己的村跟前,又贪恋这一温馨的时刻,希望能在这后座上多坐一会儿。赵洋挺着身子骑着车,结实的后背挡住了她的视线,也挡住了迎面而来的寒风,让她暂时忘记了前行路上的一切困难。回村的十几里路或过田地,或穿村庄,坑坑洼洼也不太好走,后座架子挺硬,坐的时间长了屁股都有些麻,好几次她都想抓住他的肩膀,靠在他背上,挪一挪屁股,但手伸出去又缩了回来,最后还是抓在后座上,原地动了动。不过赵洋挺细心,好像感觉到她的不舒服,最近在自行车后座上绑了一层编织袋,再坐上软软的,就好多了。周日下午去学校的时候,她还是靠双脚走,只有带的东西多的时候,才会"凑巧"碰上赵洋,即使这样,他俩也是跨过铁道就分开了,各走各的回到学校。

姚晓云知道赵洋每天下午都往山上跑,赵洋是出了校门就往左拐,沿通往芮城的大路跑,姚晓云则是出了校门向南穿过操场,从巷道里曲折南上。她喜欢在柿树林里闲逛,踩着厚厚软软如地毯般的落叶,看着大大的夕阳从光秃秃的枝丫间一点点坠落。每逢这个时候,她就很想家,很想也如眼前落日余晖一样进入人生迟暮的奶奶,天气这么冷,她的咳嗽老毛病这几天不知怎么样了?还有母亲,她和奶奶身体都不好,父亲一天总是忙着轧花厂的事,十天半月都难回家一次。还有妹妹,前一晌,赵洋周六放星期总是跟随着把她护送到村口,那些初中的男生也渐渐不再纠缠了,但学校里的情况就不知道了,但愿她能静下心来好好学习,不枉费了她那么好的脑瓜……

姚晓云这时候的心绪,就像眼前这山野,看似空旷无际,实际上一切都是在隐藏着。她就这么随意地走,随意地想,要是太冷了,她就会去那个废弃的小屋里点一堆火,等到火熄灭了,她就开始回学校。她知道赵洋就在附近的大路上跑步,却没有去大路边上逛,她觉得能这样不近不远地感知他就挺好,免得让同学看见了说闲话。今天她过来得比较早,在柿树林边上的田地里竟然发现了两堆被农民遗忘了的红薯,这里的荒草太盛,红薯蔓隐在其中很难被找见,现在草枯黄衰死才显露出来。她用瓦片小心一一刨出,大大小小竟然有9个红薯。这可是个大收获!平时下了晚自习,学生们大都饿了,回到宿舍都找吃的,有去学校小卖部买零食的,有吃自己从家里带来的,姚晓云从家里带的干馍片早就被吃完了,她又舍不得去买零食,每次睡觉前总要和肚子抗争一番。

姚晓云扯了几把枯草,把红薯上的泥土擦拭干净,拿到小屋里,用地上散落的砖头在墙角搭了个简单灶台,把红薯摆放在两片洋铁皮之间,在洋铁皮的上面和下面同时点起火来,这样烤起来红薯就能熟得快些。她在家经常做饭,口袋里习惯装着火柴,做这些也是轻车熟路。她不时用木棍拨动着红薯,免得被烤焦。她太专心了,以至于赵洋到了跟前她才发觉。

姚晓云有些不好意思地看着赵洋,说:"你怎么知道我在这里?"

赵洋笑了一下,"我只是看见这里冒烟,还以为是哪个调皮捣蛋的小孩在玩火呢。你厉害呀,找了这么多红薯!"

姚晓云讪讪地笑了,"你有口福呗!你一定是闻到红薯香味过来的。"

两人重新蹲了下来,一边聊天一边分工,赵洋负责把火烧旺,姚晓云负责拨转红薯。红薯烤好后,皮黄里白,松松软软,热气腾腾,香味四散。姚晓云抓了一个塞给赵洋,自己也拿了一个吃起来。赵洋负责把火灭干净,姚晓云则在屋角的破箱子里找了个塑料袋,把剩下的烤红薯装了起来。赵洋吃完红薯,把自己摘的冻柿子拿出来,正要和姚晓云分享,姚晓云却一把拦住他,说:"刚吃完红薯是不能吃柿子的,会生结石,肚子会疼的。"赵洋就把柿子连袋子给了姚晓云,让她明天饿了再吃。

两人收拾停当,就开始往回走,按照来时的路线分开,各走各的。赵洋沿着大道一路北下,抬头远望,暮霭之中,北门滩池水波平如镜,隐隐而现的姚遑渠莽莽苍苍,收回目光往近看,路边高高的麦秸堆上,几个贪玩的小学生还在嬉戏,书包就扔在一边,一条大黄狗也匍卧在软软的麦秸上,安然地享受着落日的余温。看到麦秸堆,赵洋脑海里突然闪过一个大胆的念头,"对,就这么办!"他兴奋地拍了一下手,撒开脚丫向学校跑去。

星期天下午,姚晓云早早就站到了村口,昨天下午在回家的路上,赵洋要她早点和他一起去学校,却没有说原因。她便在两点钟就把家里收拾好了,妹妹晓雨还在忙着做作业的时候,她就出发了。两点半不到,赵洋骑着自行车就出现在大巷的北口,姚晓云扭过头,开始往南走,出了村一会儿,赵洋便赶上了她。

赵洋的自行车后座上,捆着厚厚的装化肥用的编织袋,竟然有两叠。姚晓云说:"你这后座上不是已经有了垫子了吗,干吗还绑这么多编织袋?"

赵洋眨了眨眼睛,"怎么样,编织袋软软的,坐上去还是舒服吧?"姚晓云说:"那也用不着绑这么厚吧?耸得这么高,叫我都坐不上去了!"

赵洋神秘一笑:"这编织袋有重要用处,自然不是当垫子坐的。"他把两叠编织袋解下来,让姚晓云抱着,然后载着她,急速向解州骑去。

赵洋载着姚晓云,到了铁道口后没走小路,而是沿着大路经过关帝庙东侧上了南边的后油路。姚晓云正心里纳闷他为啥舍近求远,而且进了解州城都还不和她分开走的时候,赵洋已把她载到城外路边的一块打麦场上。

两人下了车,赵洋把自行车撑好,从姚晓云怀里取过编织袋,在地上铺开,每个竟然都是用六七个袋子拼接而成,一米半宽,两米多长,像一张大型号的床板。姚晓云一下子明白了。

赵洋从麦秸堆里专挑细长洁净的拽,姚晓云往编织袋里装,两人配合默契,不多会儿两个袋子都装好了。姚晓云捏住袋口,赵洋掏出口袋里的钩针和线绳细细密密地一缝,丝毫不漏,然后放倒抚平弄匀,像床垫一样,两个摞在一起,平放在自行车上,姚晓云在边上照护着,开始回学校。

正如赵洋计划的那样,两人进入学校时,距离学生返校时间尚早,校园里冷冷清清,空荡荡的没几个人影。两人先到西侧的女生宿舍院里,姚晓云有宿舍钥匙,开了宿舍门,先进去在长炕上靠墙清理出一块地方,赵洋搬了一个垫子进去安放好,然后让姚晓云拿过她的被褥,慢慢在上面整理她自己的铺盖。他则载着另一个垫子回到男生宿舍,三下五除二,把自己被褥下的硬纸片去掉,换上麦秸垫子——厚厚鼓鼓的好像席梦思床垫一样。他四仰八叉躺下去感受一下,绵绵软软,弹性十足,真叫一个舒服。这下,就不用再去教室课桌上和别人挤了。

第二天下午活动时间,赵洋在跑步路上又碰见了姚晓云。姚晓云笑意盈盈地告诉他,全宿舍的女生都在羡慕她的垫子,比起学校出租的生硬冰冷的床板,她那厚软的麦秸垫子简直就是一个温馨的小窝。她顿了顿又说,她还想让赵洋给另外那个也没有租床板的女生做一个,毕竟现在只剩下她一个人啥都没有了。

赵洋心里感慨这女孩的热心和善良,不假思索地点头答应了。这其实没啥难做的,麦秸多的是,就是要多用几个编织袋而已,农村家家户户都有装化肥的编织袋,只不过回家再取就要再等一个星期了。姚晓云便说这一星期她可以和那个女生合用垫子,挤在一块儿睡,下周日她还是和他一起早早来学校。帮助同学让她心中涌现一种充实感,而这种充实是由她和赵洋共同来完成的,这又给她心里增添了无限甜蜜和期待!

第一章

4

  温软厚实的麦秸垫子很快就发挥出明显的作用。丙寅虎年的第一场雪终于纷纷扬扬地降临了,漫天遍地的雪花白天给学生们带来了嬉戏和欢乐,晚上却给他们增加了逼人的寒气。自从赵洋有了垫子不在教室睡了以后,没几天王红雷和那两个男生也不睡了,毕竟还是不方便。赵洋便给那个女生做垫子的时候,顺便给好友王红雷也做了一个。那两个男生和他关系不是很好,他也不好意思一直从家里拿编织袋,编织袋虽然家家户户都有,但也都是紧缺货,因为庄稼人需要用编织袋的地方太多啦,收获的小麦、玉米、棉花、废旧的物品等等都要用编织袋来装,甚至下雨了还可以用编织袋做雨披,但既然是同班同学,他又是班长,赵洋还是在把两个新垫子运回学校以后,又专门用绳子绑了一大捆麦秸载回到宿舍,整整齐齐铺到炕上,然后再用硬纸片和报纸之类盖好包严,不敢漏出来,不然学校检查宿舍卫生会扣分的。四个人又睡在一起,虽然没有床板,却比有床板的要更暖和。

周六放星期的时候,地面上的积雪已近半尺来厚,天空中仍飞舞着雪花,但还是挡不住学生们回家的脚步。这也是没有办法的事情,青春年华的他们,正是长身体的时候。虽然现在比起前些年农村的生活要好多了,大多数学生可以从家里面带来面粉或小麦交到学校灶房,再交些加工费,每顿能直接吃上热乎乎的馍馍,但课间和晚自习下课的时候饿了的话,还得吃自己从家里带的东西。去学校小卖部买东西吃的学生毕竟不多,而且平时吃的菜,从学校灶上买的就更少了。大多数学生都是从家里面自己带菜来的,冬天学生们带的大多是酸萝卜丝、腌韭菜、咸芥疙瘩等等,有人从家里面还能带些土法蒸馏的西红柿酱,那可就是稀罕物了!来学校的时候常常抱怨家长带得多,可是到了学校总是不够吃,往往一到周四、周五,好些学生的菜瓶瓶就底朝天了。从家里带的可吃的东西被消灭殆尽了,心里就开始作念着赶紧放星期吧。

考虑到雪厚路滑,有些学生家较远,学校12点上完课,便提前把学生放了。老天还算有良心,中午时分雪花零零散散地飘着,时有时无,明显下得小了,学生们归心似箭,午饭也顾不得吃了,收拾东西赶紧回家。除了少数家距学校比较近的男同学照样骑自行车外,大部分学生都选择了步行,他们背着空荡荡的馍馍布袋,嘻嘻哈哈地打闹着,一窝蜂地拥出了校门。

赵洋脚步快,早早地来到铁道边,站在路基上等待姚晓云。路基较高,举目远望,雪野茫茫,混沌难分。人置其中,就如同一大块白色的画布上被谁不小心洒了一点墨,有一种"寄蜉蝣于天地,渺沧海之一粟"的感觉。而东来西去消失在西南天际的南同蒲铁路乌亮的铁轨又仿佛两条穿越时空的极光,一下子把人的心绪牵引到无限悠远。

作为在农村长大的孩子,赵洋喜欢这辽阔的山野,喜欢这种空旷无际的感觉。它展示给人一个偌大的、自由的空间,让人不由得产生一种振翅翱翔的欲望。

"嗨——啊——"赵洋深吸了一口清冽冰冷的空气,仰天拉出了一串长吼。

头皮一凉,一个雪球砸在了脑后,姚晓云笑意盈盈地站在他身后。

"你吼声那么大,把鸟儿都吓飞了!"

赵洋抬眼一扫天空,"哪来的鸟儿?千山早已鸟飞绝,万径尚未人踪灭"。他指了一下两人踩下的长长脚印,又抬手向南一挥,"不见当年蓑笠翁,茫茫还似旧时雪。"

"啪啪。"姚晓云情不自禁地拍了两下手,"你的文采真的好棒哟,名家的诗信手拈来,还改得这么有意境,就是柳宗元听了,估计也要竖大拇指。"

赵洋"哈哈"一笑,"好歹咱们也是柳老夫子的老乡呀,如今又在他老家读书,多多少少总要沾一些他老人家的灵气。"

《江雪》一诗作者柳宗元,有说是永济虞乡人,但也有人说是解州人,两地距离不过三四十里,所以不管怎么说,都可以算是老乡。

赵洋背着两个馍馍布袋走在前,姚晓云跟在后,两人说笑着,脚下的路也就不觉得很长了。眼看着姚晓云的村子已经遥遥在望了,姚晓云突然说想让赵洋去她家待会儿,因为她一会儿还计划和他去趟龙居中学给妹妹姚晓雨送点馍馍和菜,雪下得这么大,路难走,她不想让妹妹来回往返了。反正今天放得早,时间挺宽松,雪厚难行,走在路上两个人总比一个人有照应些,赵洋没多想就点头答应了。

雪下得小了,村里的每户人家都给自己的门前清扫出一条路来,唯独自家门前还是厚厚的一片白雪,显然父亲姚满财还是没有回来。姚晓云推开院门和赵洋走了进去,看见母亲高淑梅弯着腰正在院子里一下下地清扫着积雪,时不时发出一阵阵咳声。赵洋卸下布袋递给姚晓云,快步走到高淑梅跟前,说:"婶子,让我来扫吧!"

高淑梅直起身子,有些惊疑地看着赵洋,姚晓云把布袋放在窗台上,跑过来扶住母亲说:"妈,这就是我的同学赵洋,我给你说过的。你就让他来扫雪吧,你和我奶吃过饭了吗?你帮我弄些馍馍和菜,我想一会儿给小雨送去,这么大的雪,她就不来回跑了。"

姚晓云和母亲进屋里忙去了,赵洋把刚才姚晓云母亲用的笤帚放在一边,拿起墙角那把大扫帚。大扫帚虽然有点破旧不堪,但长长的竹枝条扫起来还是比较带劲。晋南一带的农家院子,一般都是4分大小,姚晓云家坐西面东,三间土砖混合的门面房,一间半的北房,再加上一个放杂物的棚厦,一小间有个大锅灶的饭厦,院后面还积了一堆棉花柴,还有一棵石榴树,剩下的院心也就连2分都不到了。赵洋干起这些活还是比较得心应手的,他把雪扫成堆,用铁锨铲到石榴树下,高得几乎将石榴树干都埋了进去。这样既能给石榴树起到保暖作用,又给它准备下充足的水源,但愿它来年结满大大红红的石榴。清扫完院子的雪,赵洋又用扫帚把棉花柴堆上的雪掠掉,免得将来雪化了浸湿棉花柴不好生火,他又抱了几捆棉花柴放进饭厦,以备再下雪好歹有些干柴可以烧。他手脚利索地干着这些,全然没有发觉姚晓云已经站在他身后。

"你真能干!"姚晓云微微笑着,好看的眸子里又蕴藏着深深的歉意,"第一次来我家就让你干这么多活,太不好意思了……"

"这有啥?"赵洋又抱了一捆柴放进饭厦,回身笑着说,"我在家经常干。这不一活动,全身热乎乎的,挺舒服!"

"行了,不用再抱了,够烧的了。要是没有你,我和我妈还不知道要弄到什么时候呢。看你头上的雪!"姚晓云伸手在赵洋的头发上拨拉了一下,突然间脸有些红了,"你一定饿了吧? 走,进屋洗一下,赶紧吃饭吧!"

赵洋随姚晓云进了北屋,里面光线有些暗,但是挺暖和,右侧窗边是一个大炕,三面连墙,看来平时姚晓云姐妹两个随母亲和奶奶都睡在这里,炕边是一个砖垒的泥炉子,上面放着一个铁锅。炕上的奶奶看见赵洋进来,赶紧叫姚晓云母亲从暖瓶里倒热水给赵洋洗手,姚晓云则飞快地从铁锅的笼节里取出饭菜。

菜,只有一样,炒鸡蛋,量不是很多,但明显能看出是新炒的;汤,也是鸡蛋面汤,白白的鸡蛋清泛着亮光,姚晓云专门从柜子里取来装白糖的玻璃瓶,给赵洋碗里舀了一大勺白糖。

"很抱歉,这几天下雪,家里实在没有什么菜,对不起只能让你将就了。"姚晓云低声说着,拿过一个板凳陪着赵洋在桌子边坐下,"我妈和奶奶都吃过了,就剩下咱俩了,其实我刚才也吃了些,就主要是你没有吃了。"她看到赵洋有些拘谨,又说,"不过,你可别着急,我陪你慢慢吃。"

赵洋刚进屋和奶奶打招呼时,就看见炕上的小桌子上有一盘黑乎乎的菜,洗完手后就不见了,可能是奶奶把它放到一边了。从三个人都忙碌招呼他的气氛上,赵洋能感觉出来这已是她们全家的最高"礼仪"了。他是有些饿了,平时在学校是12点钟吃饭的,但他没有打算要在这里吃饭,毕竟是第一次来一个女同学的家里,可是碍于姚晓云认真的执着,他又怕一味地拒绝伤害了她的热情。认识几个月来,他已经清楚她家里的情况。他乐意和她交往,主要是喜欢她温柔体贴、善解人意的性格。他心甘情愿且竭尽全力去帮助她克服一切困难,让她能够和其他同学一样尽量开心地、快乐地面对生活。

"这就挺好的呀!鸡蛋面汤我最爱喝了,每次我都能喝两大碗。"赵洋坐下来,端起面汤,不太烫,他的确是有些渴了,稍微吹了吹,一口气喝了个底朝天。姚晓云坐在边上,笑眯眯地又给他盛了一碗,"看把你渴得!慢慢喝,别烫着了,多吃些菜。"起身从笼节里取了两个热馍,掰了半个,夹了一块炒鸡蛋进去,说她想吃辣椒,一会儿自己夹油泼辣子,把剩下的一个半馍馍和炒鸡蛋往赵洋面前一推,"这个你负责收拾完,热馍馍还有。"

赵洋吃了一个馍,喝了三大碗汤,按他的饭量,足可以再吃一个馍,但他选择了喝汤,正好把锅里的面汤收拾完,也是饱饱的啦。姚晓云让他坐在炕上和奶奶、母亲聊天,自己收拾饭桌,开始洗刷锅碗。

拾掇停当,已是下午3点多,天还是阴沉沉的,雪花似乎又密集了些。姚晓云拿了两顶草帽,和赵洋背上带给妹妹晓雨的馍馍和菜,向奶奶和母亲打了招呼,出了院子,开始向龙居中学出发。

巷里冷冷清清的，难见个人影，通往龙居的大路上，也只有两条机动车碾下的深辙伸向远方。村庄、田野，还有姚遑渠都覆盖在茫无际涯的白雪之下，安静而祥和地冬眠着。春耕夏耘秋收冬藏，冬季，本来就是农民的闲季，何况又是这么大的雪天。

雪花纷纷扬扬地飞洒着，两人一人一顶草帽，一人一条车辙向前走着。为了安全和速度，赵洋把自己的空馍布袋和给晓雨的馍布袋都一起背在身上，让姚晓云一身轻装，在从姚晓云背上取过馍布袋的时候，他看见了那两个装菜的罐头瓶子，一个里面满满的是咸菜，另一个一半是咸菜，中间是红辣椒面，上面薄薄的一层就是刚才他吃剩下的炒鸡蛋。

在和姚晓云奶奶、母亲聊天的时候，赵洋瞥见姚晓云把剩下的炒鸡蛋分成两半，一半拨在一个小碗里，放在炕上奶奶身边的小桌子上，另一半估计就装在这里面了，初三的学生需要补充营养呀！一想起那张倔强的小脸和忧伤的目光，赵洋就直后悔刚才应该吃半个馍就行了，其实汤挺好喝的，光喝汤也能饱的。

4点多到达龙居中学，正赶上学生放学。龙居中学原来是一所高中，前几年才刚刚变为初中，老师都是以前的高中老师，教学质量相当不错，在当地很有名气。

这里离赵洋家很近,但赵洋没有在龙居中学上过,因此不熟悉学校,姚晓云就让他在校门口等着,自己背着东西进去找姚晓雨了。

赵洋靠在校门口的一棵杨树上,看着初中生们三五成群地各回其家。虽然往西一里路就是赵洋家的村子,但他现在还不能回,他还要把姚晓云送回去才行。

十来分钟后,姚晓云出来了,妹妹姚晓雨跟在她的后面,赵洋上前接过姚晓云手里提的装空菜瓶的布袋,扭头礼节性地问了姚晓雨一句:"下课啦?"

姚晓雨只是盯着他看,依然没有吭声,稍后点了点头算是回应,然后冲他和姐姐摆了摆手,便转身回学校去了。

"哎,这女!现在变得越来越不爱说话了。"姚晓云可能是感觉到妹妹刚才有些失礼,便小声地嘟囔了一句。

"呵呵,没事,也许是学习压力有些大吧!"赵洋看着姚晓雨在飞雪中渐走渐远的背影轻轻说道。前些日子周六放星期他来这里护送她回家时,她就是一声不吭,只是看看他,背着书包和馍布袋就大踏步走了。他骑着自行车悠悠地跟在后面,那些准备起哄的男生便三三两两地跟在他后面。他从她的眼神里看不出有任何排斥他的意思,但也看不出有坐他自行车的意思。这么大的姑娘家,谁没有些难猜的心事呢?他能做的就是默默地跟在她后面,直到望见村口等候着的姚晓云。

两人开始往回返。姚晓云说不用赵洋来回送了,这里离他家那么近,让他直接就回去,赵洋却说雪厚路滑,行人又少,还要翻过姚遥渠,她一个人还是让人操心的,还是把她送到村跟前好些。姚晓云便不再坚持了,其实打心底她还是想和赵洋多待一会儿的。这个时候的气温明显地降低了,大路上经车辆碾压在中午消融的雪开始冻了,又硬又滑不太好走,两人便决定抄小路上姚遥渠,那上面野树密,枯草盛,往来人车少,这个时候应该正好走。

登上姚遥渠的南堤,那条熟悉的小路恍若一带银河在两侧的玉树琼枝中蜿蜒前伸,向南而望,绵延起伏的中条山脉全都掩埋在皑皑白雪之下,和平坦开阔的盐池连成一片,"千古中条一池雪"变得名副其实。

"呀,好美呀!"姚晓云停下脚步,转身环视,不禁喃喃自语。此时此刻,她的心绪就如同眼前这雪野一样,隐藏着千丝万缕的萌动,覆在上面的却是茫茫无边的欣喜。今天所有的事情基本上都照着她的心思下来了,她秀气的脸颊上洋溢着发自内心的笑容。雪落无声,万籁俱寂,前方一片厚厚的白雪松软如棉,身后两行长长的脚印曲折若线,天地间仿佛就只有她和赵洋两个人,她感到无比的幸福!

第一章

5

等到这场大雪消融殆尽的时候,日子已经接近年关。腊月二十三是农历小年,也是哥哥赵海的新婚大喜日子,所以赵洋在腊月二十一期末考试刚考完的当天下午就请假回家了(正常情况是要等各科成绩出来以后,老师们布置好假期作业才能回家)。

家里人已经开始忙活了,明天一早街坊邻居就过来帮忙了,自己家里过事要用的物件都要提前整理出来,摆放有序,赵洋的主要工作是负责把四个大水瓮装满水。因为天冷怕冻,村里供应全村人吃水的钢管井早上不放水,只有等下午温度稍高些才放,而且一星期只放一次。谁家过事需要大量用水得提前给专门管水的人打招呼,另外加钱才行。赵洋先把那几个久置不用的水瓮洗刷干净,外壁用抹布擦干,然后就像做床垫那样,找几个编织袋过来,塞进麦秸,摊平,用麻绳围在瓮壁上,这样就可以避免晚上低温冻裂水瓮。

赵洋把一个大型号汽油桶改装的水箱放倒在拉拉车(小平车)上固定好,一个人就出门拉水了。村里的水房在大队部跟前,离他家并不远。他到了那里,撑好车子,刚开始放水,就听见有人叫他。

赵洋回过头,看见叶运平和一个姑娘相跟着正往这边走来。叶运平是哥哥好朋友,哥哥结婚他肯定是要过来的,只是这个姑娘赵洋没见过,不是运平的妹妹俊萍,但赵洋立即猜到了。

"运平哥,你怎么才过来呢?这是不是也是我的新嫂子呀?"

叶运平没想到赵洋张口来这么一句,他看了姑娘一下,似乎在征求她的意见。那姑娘却白了他一眼,扯住他的衣袖,看着赵洋说道:"你就是赵海的弟弟洋洋吧?我叫耿小芹,和运平还有你哥都是一个厂子的。"

耿小芹和叶运平之间的事,两人之间早已是捅破窗户纸的关系了。腊月十五厂里就停工放假了,今天叶运平借赵海要结婚之际,把耿小芹接过来,先到自己家坐了会儿,因为是第一次来,他也不知道耿小芹到底对自己家的情况是否满意,心里还有些七上八下的。

耿小芹呢,停工后在家帮哥哥嫂子清理家务,准备过年的东西,干了几天也就没事了。年轻的姑娘家在家哪能坐得住,这不趁这个机会就跑出来了。大家在一起上班都几个月了,相处得挺好,赵海结婚自然是要过来随礼贺喜的,顺便也了解一下结婚的整个套数细节。父母不在了,虽然哥嫂也为她操心,但耿小芹是个有主见的姑娘,尽管她没有念过多少书,可是她的婚事她要自己做主。

赵洋把水箱接满,关了水房的阀门,他在前面拉,叶运平在后面推(其实平路拉着也不费劲,叶运平就是稍微护着),耿小芹跟随着。到了家里,赵洋就让他俩去哥哥的婚房里了,水车他一个人能拉得了。

结婚当天天气晴朗,天蓝云白,虽然早上冷些,但太阳一出来,温度立马回升了,赵洋甚至都觉得自己有些出汗了,家里多年了第一次过这么大的事儿,一向勤快的他自然是闲不住。洋鼓洋号,唢呐铙钹,吹吹打打中,新媳妇王燕就迎回到了赵海家里;人来人往,热闹喧嚷,忙忙碌碌间,几天来的张结便落下了帷幕。腊月里天黑得早,太阳一偏西寒气就上来了,吃罢午饭,客人们就陆续开始各回各家,赵洋父母、哥哥、嫂子便站到大门口送别亲朋,而赵洋则和帮忙的邻居们开始收拾桌椅板凳、锅碗盘碟,借来的餐具要尽可能腾出来,清洗后归还人家,因为快过年了,家家户户都要用的。赵洋便找些干净塑料袋子,分散给收拾馍馍菜肴的婶婶嫂子们,让她们挑拣些肉菜打包带回去,这几年生活条件虽然能好些了,不用再吃玉米发糕和高粱馍馍了,但肉菜还是不常有的。他自己也拿了几个袋子,分别装了四个大鸡腿和一碗酥肉,包实扎紧,放在炉窑里面,让它一直热着,他计划把这些送给姚晓云的妹妹姚晓雨,按照常规,初三要等到腊月二十五才能放寒假。那天那碗炒鸡蛋的事一直印在他的脑海里,要不是因为他,带给姚晓雨的另一个菜瓶里就可以多装些炒鸡蛋。她现在是初三学生,学习任务重,需要补充营养。

　　看着家里主要的地方收拾得差不多了,太阳摇摇晃晃眼看就要坠下西天,赵洋从炉窑里取出东西,装在一个布袋里,骑上自行车直奔龙居中学。不出他所料,现在正是活动时间,快吃晚饭了,赵洋便停到马路边,拦了一个女学生让她去叫姚晓雨。

　　赵洋看见姚晓雨有些迟迟疑疑地走过来,看清了他才加快了脚步。赵洋取出装菜的布袋递给姚晓雨,说:

"我们学校每学期末餐厅都有一次中午免费聚餐,改善一下生活。这是你姐姐的,她没吃,让我捎给你的。来得有些晚,不好意思!"

解州中学每学期末餐厅给学生有一次免费午餐是真的,而且就是在今天中午聚餐也是真的,因为下午高一、高二学生就放假了。但赵洋他没想到的是姚晓云把学校餐厅的肉菜拿回来带给了奶奶,更让他没有想到的是一个多小时前姚晓云才刚到这里看望过妹妹。他这样说只是想让姚晓雨接受得心安理得一些,不会因为是他送的而觉得难为情。

果然姚晓雨惊讶地扬了一下眉毛,她怔怔地看了赵洋好许,默默地接了过去,布袋热热的,正好暖手。她咬了一下唇,终于说了一句话:"谢谢你!"

"不用客气!"

这姑娘和她姐姐不一样,姚晓云的目光总是柔和的,像广袤的天空中一朵悠悠飘荡的云朵;而姚晓雨的目光却是犀利的,像一道闪电,即使是在善意地看他,也仿佛是要审视他的心思。她的声音里带有一点磁性的沙哑,透着一股淡淡的忧伤。除去第一次见到在姚遥渠上她抱回酸枣布袋时含泪而笑外,接触过这么好几次了,再没有见她白皙秀丽的面庞上绽放过灿烂笑容,她那超越年龄的深邃让赵洋有一种谎言要被揭穿的感觉。于是他赶忙摇了摇手,说自己家里还有事(不过家里的确还没有收拾完),让姚晓雨赶紧回教室去,便掉转车头,飞也似的走了。

姚晓雨站在原地,目送赵洋消失在校门口,才转过身,慢慢地走向教室。

第一章

6

姚满财一大早就起来了,他昨晚一夜没睡好,满脑子都在思考着李旭林的话。

轧花厂停工放假以后,就留下他和门房老张轮流值班守夜。昨夜是他值班,天擦黑的时候,他正准备吃饭,李旭林骑着他那辆幸福250"嘟嘟嘟"地闯了进来。

一进值班室,李旭林就把桌子上姚满财刚弄的酸白菜扔到了一边,让他从灶房另取了几个盘子,然后从一个黑色塑料袋里哗哗地倒出了几样菜:一盘油炸花生米,一盘素拼,一盘凉拌猪头肉,一只五香鸡,还有两瓶56°红星二锅头。

李旭林翻找出两个茶杯,胡乱洗了洗,给他和姚满财一人倒了一杯酒。姚满财出去把工厂大门锁好,又给房里的铁炉上添了一块蜂窝煤,然后在李旭林的对面坐了下来。

"姚哥,这几个月你辛苦啦!"李旭林端起酒杯,"眼看着一年又到头啦,兄弟我终于能有时间在这里坐下来和你好好谝谝。今夜,在这荒郊野外,没有人能打扰咱俩,咱弟兄俩喝酒吃肉,一醉方休!来,这杯兄弟敬你。"头一仰,一杯酒就倒进了肚里。

"哪里哪里,辛苦啥?都是应该的。"姚满财赶紧端起杯子小抿了一口,"我酒量不行,咱们慢慢喝,你吃点菜。"

姚满财以前在生产队干会计的时候,也时不时跟队长在公社的食堂里吃喝过,他清楚红星二锅头酒甘烈醇厚,后劲大,何况这还是56°,千万不能猛喝。

几杯酒下肚,李旭林话就多起来了,不过这家伙头脑仍然清醒,他开始和姚满财谈论起今年厂子的经营情况和明年的一些打算。

李旭林虽然没有念过多少年的书,但社会本身就是一所很好的学校,它能教给人们许多实用的东西。经过这些年在社会上的摸爬滚打,姚满财感到这家伙不光是能说会道,而且也富有头脑。他不仅知道1979年12月在北京召开的全国棉花生产会议，掀起了全国种植棉花的热潮，而且还清楚近几年国家调整棉花生产布局，提出的"南方稳定，北方发展"的指导方针。"要发家，种棉花"，种棉花带给老百姓的经济效益明显要比种小麦、玉米之类的粮食作物好得多。

两人吃着喝着聊着，李旭林说，根据目前这个形势估计，国家在农业方面的改革和支持力度会进一步加大。运城地区种植棉花的面积也会继续增多，棉花加工这个行业应该前景更广阔。明年他想把这个轧花厂规模再扩大些，还计划在边上再投资一个榨油厂，因为今年没有这套加工设备，成吨成吨的棉籽从他这里让别人拉走，眼看着从自家门前经过的钞票最后落到了别人的腰包里，他心有不甘呀！

这不元旦已经过啦，金融系统的年终对账也早结束啦，新一轮放款又开始啦，李旭林决定继续贷款。前几天他在乡政府门口碰见了乡农行营业部主任王秉禄，这个王主任一边和他拍胸脯，称兄道弟，一边却闪烁其词，说什么个人贷款有限额，最早都要等到正月完了以后才能放贷啦等等。他知道这个家伙葫芦里卖的是啥药，今天他过来找姚满财，就是想和他商量两人合伙办这个榨油厂的事。他贷上5万块钱，由他担保，姚满财贷上3万块钱,他再从其他地方倒腾些钱,过了正月十六,就在轧花厂的边上建榨油厂,还是他跑外,姚满财主内,年终结算,六四分成。

送走李旭林,已是深夜11点多。这家伙虽然喝得满脸通红,但被外面的寒气一激,看上去还是很清醒的,跨上他的幸福250"嘟嘟嘟"就走了。姚满财从里面锁了厂门,拿了手电筒,牵着看门的大黑狗,绕着厂子巡查了一遍,然后回到值班室,把两人吃剩的东西收拾了,躺在床上,开始静静盘算李旭林的计划。

接手管理这个轧花厂几个月来,除去工人工资和其他开支,姚满财估算了一下,纯利润接近5万块钱,这的确是相当诱人的。其实他也是一个心存"壮志"的人呀,回想这几年,自己也是不停地折腾,但是缺乏资本,而且运气不好,到现在却是欠人一屁股债。在农村的传统意识里,无债一身轻,宁可自己过得辛苦些,都不愿意背债,但其实这几年发家致富腰包鼓起来的人,大多数都依靠过国家为了推动农村经济的发展每年划拨的低息贷款。"借鸡下蛋,靠钱生钱"的道理对于具有高小文化、干过会计的姚满财来说,还是明白的,只是家中上有老、下有小,投资难免有风险。3万块钱对他目前来讲,需要他不吃不喝干上15年呀,而且后半年是轧花厂、榨油厂的旺季,开过年生意肯定要大打折扣的。可是,李旭林的分析绝对是有道理的,照着如今的形势这样发展,自己的投资一年基本上就能拿回来了,以后就都是赚的啦。想想这几年家里的拮据,被人当面催债的窘状,又想想李旭林骑着摩托车飞驰而过的风光,姚满财辗转反侧,久久不能成眠。

一元复始,万象更新。在这寒意料峭却又春意萌动的夜晚,在农村经济改革之风吹拂的神州大地上,难以入睡的又岂止是姚满财一个人?姚满财他是绝对不会想到,就在他反反复复进行思想斗争的这个时间里,中共中央关于新的一年农村经济政策出台了。

1987年1月22日,农历丙寅年腊月二十三,就是青年农民赵海结婚的大喜日子,也是中年农民姚满财做出重大决定的一天。这一天,中共中央发出了《把农村改革引向深入》的通知,其中好些内容与姚满财、李旭林息息相关:

"……

(四)经济形式。适应生产和市场的要求,形成了灵活多样的新的经济组合。双层经营、承包经营、租赁经营、合伙经营、股份制经营、不同所有制间的联合经营等,体现了生产资料所有权和使用权既统一又分离、不同所有制交叉融合的趋向。全民所有制经济进行了初步改革,合作经济正在完善。个体和私人企业有一定发展。农村经济将形成以公有制为主导,多种经济成分、多种经营形式并存的格局。

(五)宏观调节。国家开始着重利用价格、税收、信贷、法规等手段调节农村经济的运行,使之符合国家计划指导要求。

今后,随着有关条件的变化,将转入持续协调发展的阶段。各级政府、各个部门,都应当从全局出发,从调动广大农民积极性出发,为农村经济创造新的发展条件。一刻也不能忽视农村经济的增长,一刻也不能忽视为农民增加收入开辟来源。

棉花、麻类、糖料等大宗的工业原料,应尽可能做好产购销相互衔接。除由国家定购外可在计划指导下,由加工企业在产地与农民联合经营,也可以由工厂自采,与农民订立供销合同,一方面提出对农产品原料数量和质量的要求,一方面给农民提供必要的生产服务,在互助互利的基础上,为企业创立稳定的原料生产基地,逐步减少国家统一收购和统一调拨。

要支持农民组织起来进入流通。目前农村已出现了一批农民联合购销组织,其中,有乡、村合作组织兴办的农工商公司或多种经营服务公司,有同行业的专业合作社或协会,也有个体商贩、专业运销户自愿组成的联合商社等。必须看到,农民组织起来进入流通环节,完善自我服务,开展同各方面的对话,反映了农村商品经济发展的客观要求和必然趋势,今后还会更多地涌现出来,各有关部门均应给予热情支持和帮助。

要进一步稳定土地承包关系。只要承包户按合同经营,在规定的承包期内不要变动,合同期满后,农户仍可连续承包。已经形成一定规模、实现了集约经营并切实增产的,可以根据承包者的要求,签订更长期的承包合同。

目前大量涌现的是农户之间组成的小型经济联合体。它们的经营形式不同,联合的办法不同,但都是发展商品生产的一种尝试,应当给予鼓励。凡履行登记、符合条件的,要在税收、信贷上给以适当优惠。

几年来,农村私人企业有了一定程度的发展。事实表明,它作为社会主义经济结构的一种补充形式,对于实现资金、技术、劳力的结合,尽快形成社会生产力,对于多方面提供就业机会,对于促进经营人才的成长,都是有利的。

……"

当然,当时的姚满财是不可能知道这些的,但是,他在黎明时刻作出的重大决定,却正好与这项伟大的政策不谋而合。

和赵洋全家人一样,东方才隐隐发白,姚满财就起床了。天气好得很,晨曦透过窗户,早早就映亮了房间。姚满财整理好床铺,又在全厂巡查了一番,顺便活动了一下胳膊腿。他深深地做了几下呼吸,清冽的空气将昨晚残留的酒劲驱逐殆尽,他觉得头脑是格外的清醒。

回到屋内,洗漱完毕,姚满财把蜂窝煤炉子封好,又对着镜子理理头发,整整衣领,然后坐到桌子边,等候李旭林的到来。

他决定和李旭林合作,今天去见乡农行营业部主任王秉禄。

快10点的时候,李旭林才过来。这家伙精神饱满,看来昨晚睡得不错。他一进屋,从口袋里掏出一叠钱扔到床上,对姚满财说:"这是1000块钱,你找个信封装好,今天中午咱们去金井的昌隆饭店,在饭桌上你趁喝多之前把这塞给王秉禄,我就不相信这王八蛋不松口。"

姚满财一看,全是崭新的十元,还是连号的,他不由得倒吸了一口凉气,赶紧找了个崭新的信封,装到自己新买的黑色人造革包里,拉紧拉锁。

锁好值班室门,又把大黑狗的铁链解开,让它能自由活动,姚满财这才把工厂大门上锁,坐上李旭林的摩托车。他俩先跨上姚遲渠小路往东去赵海家,姚满财找见礼房给两人上了礼,然后李旭林载着他,又一路向西直奔金井街口的昌隆饭店。

第一章

7

农历新年还是适合在农村过。家家户户的大门上都张贴着春联,不论是长的短的,宽的窄的,统统散发着洋洋喜气,大街小巷里,明显比往日整洁了许多,尽管不时也有散落的烟花爆竹碎屑,但淡淡的火药味很快就会被酽酽的饭菜香驱远散尽。大姑娘、小媳妇、小伙子、娃娃们,一个个都衣着光鲜,三五成群,或站在巷口扯东道西、谈天说地,或钻到哪家玩扑克,打麻将,直到村里大队部的喇叭照例又响起来:

"各位社员请注意!各位社员请注意!今天晚上,大队放映的电影是大型宽银幕彩色立体折辐式影片……"

虽然1983年国家就废除公社设立乡镇了,但是负责村广播的老叶头喊惯嘴了,一时半会儿根本更改不过来。

这广播声一落下,屋外的爆竹声就"噼里啪啦"地响起来了,吃过晚饭的人们便三三两两地提着凳子,走出自家门,向大队部开始集合。

尽管村里好些人家家里已经有了电视机,有的甚至还是彩电,但是人们还是喜欢看这露天的电影。电影银幕就挂在大队部南侧的戏台上,并不是什么宽银幕,且打出来的图像不是满银幕的正方形而是稍扁的长方形,但这已经足够了。因为大多数人的目的并不在于看电影,尤其是小孩子们,他们在人群中钻来钻去,一会儿缠着父母讨上一毛钱,跑到大队门口的小卖部里买上一个好吃的,一会儿又是几个人挤在角落里,显摆着谁挣的压岁钱多。人群北面的空场子上,占据着各种兜售零食的人,炒花生、冰糖葫芦、五香瓜子等等,叫卖声此起彼伏,即使电影已经开映,下面仍然闹声一片。喧杂,热闹,这就是看电影的气氛,也是农村过年的气氛,平日里早出晚归,难得有时间坐在一起侃山聊天。一年的忙碌,都在这一刻清闲;一年的疲惫,都在这一刻驱散……

当然,在这沸沸扬扬的场合里,也有着安静的一隅。

叶运平和耿小芹坐在一个偏僻的角落里，一边吃着叶运平买来的零食看着电影，一边小声聊着，旁边的熙熙攘攘好像与他俩没有半点关系。耿小芹家的村子不大，不是初一到十五每晚都能放电影，于是下午叶运平便骑自行车接她过来，看完电影又把她送回去，反正两个村子也就五六里路，又不是很远。

正月过了初五，基本上亲戚之间都走得差不多了，耿小芹给叶运平说，"破五"都过了，趁现在不忙，赶紧找个机会去她家一趟，向她哥哥嫂子把这事情挑明了，以后干啥事也就不怕别人在背后指指点点了。叶运平也觉得是，可是他又说，他妈告诉他村里讲究，正月不提亲。耿小芹嘴一嘟，说为啥正月不能提亲？叶运平说，他妈给他说过，正月里灶王爷、土地爷、三帝、五通神都到天庭述职了，向玉帝做一年的总结汇报。神仙们也要过年嘛，大家都忙着回家煮饺子去了，这个时候凡人们要是在正月相亲、提亲，那就没有神仙作证，就得不到神仙们的祝福和保佑。

耿小芹"咯咯"直笑得弯下了腰，她跳起来，小拳头捶在叶运平的前胸，"还有这讲究？没事，咱也不用请媒人，我就是你的神仙，我说行就行！"

于是叶运平回去就给母亲说了，老母亲心中正是七上八下的,心中没个底,既然人家姑娘没意见,咱还讲究啥？正月初六,母亲早早起来,准备了四样礼品,叶运平吃了早饭,俊萍把昨天专门给哥哥熨烫好的衣服拿过来,叶运平收拾停当,骑着自行车就出发了。

耿小芹的哥哥耿明生是一个老实巴交的农民,叶运平专门买的一盒硬春红梅也没派上用场。两个都不抽烟的大男人却似乎有一种默契和亲近感,叶运平不停地喝着耿明生倒的茶水,时不时看看张罗着给他"拾盘"(给盘子里放好吃的招待客人)的兰草,不知道这"内当家"会如何说。

这兰草今天打扮得十分精干,头发梳得细光,她端着满满一盘花生、瓜子、糖果、饼干,上面还摆了两根麻花,放在叶运平跟前,"叶组长,你好好吃。吃好了,我再和你谈正事"。

叶运平赶忙笑了一下,说:"嫂子,你就别笑话我了,这又不是在上班,你叫得我都浑身紧张,直冒虚汗。我来的时候刚在家里吃过饭,一点都不饿,今天我过来就是想见见你和我哥,商量一下我和小芹的事。你看我和小芹是你一手牵线搭成的,我俩又能谈得来,所以我也就没有再找其他媒人。我看我哥意思也是把这大权都交给你啦,你就再辛苦辛苦费费心。我对咱村里结婚方面的讲究不太懂,所以今天就主要是来听你的安排,该走的礼数咱必须走,有啥你只管说。"

叶运平一口气说完这些话,连自己都有些惊讶,这话还是昨天晚上他去赵海家,和赵海他们商量到半夜,自己回家又默练了好几遍的。

"呵呵!"兰草笑起来,"不愧是领导,看这话说得越来越有水平,让嫂子我不想管这事都不行。不过话说回来,我们家小芹确实是个好姑娘,要性情有性情,要人样有人样。当然,你也是个好小伙,精明、能干,长得也排场,我也差不多了解你,所以才把小芹说给你。你嫂子我这人你多少也知道一些,还算通情达理吧。你家里情况小芹也给我说过,本来正月不提亲,就是提亲有的还需要好几个媒人呢,不过咱都不讲究这些了,年轻人嘛,新时代,新事新办。但是,结婚这是一件大事,人这一辈子也就结这么一次,太简单了会让村里人笑话。像咱小芹这么好的姑娘,嫁给谁他不是喜喜欢欢、风风光光地娶回家?你说是吗?"

尽管叶运平是有备而来,但显然若论口舌之能,兰草强他岂止十倍?他只有频频点头的份儿了。

兰草一张利嘴,借古论今,举一反三,旁征博引,旁敲侧击,叶运平基本上没有说话的机会。谈论间一晌午就过去了,最后,叶运平整理了一下,把最重要的事项找张纸记了下来:"四大件:16英寸飞跃牌电视机一台,永久牌自行车一辆,蝴蝶牌缝纫机一台,宝石花牌女式手表一块。礼金:1800元。"

"一千八"寓意"一切发",兰草是这么说的,却压得叶运平的一颗心如石头般的沉重,一点都"发"不起来。他估算了一下,照这样下来,结这个婚起码得四五千块钱。

从哪里去找这么多钱呢?

耿小芹明显地感到了叶运平的压力,送他回去的路上,两人相跟着,叶运平推着自行车,耿小芹走在边上。眼看着就要走到村口了,两人还是沉默着没有一句话。耿小芹急了,她抓住自行车手把,横在了车前头,直盯着叶运平。

"你怎么老不说话?是不是我嫂子提出的条件把你给吓住了?"

叶运平看着她,咧嘴笑了一下:"哪能呢?我的胆子还不至于那么小。只要能和你在一起,再大的困难我都能克服。"这句话也是昨晚在赵海家取到的经,赵海告诉他,只要在适当的时间、适当的场合说出这句话,一定会有非常效果的。

果然耿小芹"扑哧"一声笑了,当胸给了他一记软拳,"我还以为你被吓破胆了,出了我家门就一去不复返了。"她"唉"的一声叹了口气,又说,"我嫂子这个人你也是了解的,嘴巴厉害,但也不是没有商量的余地。只是现在村里彩礼的行情基本都是这样的了,咱们好歹一辈子只有这么一次,不要太寒酸就行。你回去和家人商量商量,三天后给我一个答复,还是这个时间,还是这个地方,我等你!"她握住他的手,帮他戴上手套,"你回吧,路上慢点!"叶运平点点头,缓缓地跨上自行车慢慢骑远。

三天的时间,对愁肠百结的叶运平来说,确实有些短暂,甚至可以说是仓促,四五千块钱,这可不是一笔小数目,自己在轧花厂干了五个多月,也才挣了700多块钱,他也没有把这事告诉母亲和妹妹俊萍,她们能有什么办法呢?她们知道了也只能是增加心理负担而已,又没有什么有钱的亲戚可以资助。

三天的时间,对心神不宁的耿小芹来说,却是有些漫长。叶运平的家况她是清楚的,但是嫂子兰草却说这是人生的大事,不办得体面一些,哥嫂脸上无光,就连埋在土里的父母心也难安。再说作为女人,考验一个男人是否爱她,这是一个最好的机会。是呀,耿小芹的确也很想知道这个她即将托付终身的男人到底爱她有多深,只是她一想到那天叶运平走出她家门后低着头在路上一声不吭的样子,她的心就一阵阵不安,他从哪里去凑这些钱呢?他能借得够吗?

第三天,离约定的时间还早着呢,耿小芹就站在了村口。由于不想让过往的村人一直问她站那里干啥,耿小芹专门找了一个偏僻的角落,她时不时探头看看大路,心里像藏了只小鹿"扑通扑通"跳个不停,"这个死运平,他会按时来吗?"

还好,叶运平没有让她失望,远远地,耿小芹看见叶运平骑着自行车出现在了大路尽头,一颗忐忑不安的心随即放了下来,却不由生出一丝怨气来,等他快骑到跟前时,耿小芹猛地一下跳了出来。

"嗨!"

叶运平吃了一惊,赶紧捏着车闸停了下来。耿小芹看见他的脸庞因为风吹得通红,但额头由于一路骑车而冒出些汗迹,头发有些凌乱,胡子拉碴的,本来还想嗔怪他的心忽地一下软了。她握住车把,一眨不眨地看着他,说:"这几天你忙坏了吧?看你都成啥样子了!"

"没事,不要紧。"叶运平撑住车子,话语有些气喘,但更多是兴奋,"我找得差不多了。今天我和村里负责信贷的人说好了,他答应给我贷款。"

两人站到偏僻处，叶运平说，他把家里的所有的钱清点了一下，大致有1000块。赵海刚结婚，有些礼金，又是好朋友，借给他800块。他又找了几个同学、朋友凑了1000块，剩下的他想从信用社贷款。自从他在轧花厂上班后，也算有稳定收入了，村里负责信贷的人也不惧怕他还不起了，他上门找了几次，刚刚才商谈好，就赶紧过来见她了。

耿小芹静静地听着叶运平说完，伸手帮他理理被风吹乱的头发，柔声说道："让你辛苦了！"她低下头，从怀中小心翼翼地掏出一包东西，那是用手绢裹得紧紧的，上面又用皮筋缠了几道，她轻轻地放入叶运平的手心说："这里面有800块钱，有600是我这几年干活积攒的，还有200是我向几个好伙伴借的，你拿着多少顶个事，贷款要付利息的，能少贷就少贷些。至于那四大件，你也不要完全听我嫂子的，她说的牌子都是上海产的，肯定贵。咱可以买其他牌子的，只要我哥和她面子上能过得去就行，最终还是要随嫁妆陪过来咱们用，我不谈嫌。"

叶运平烫手似的赶紧把钱塞回耿小芹，说："是我要娶你的，我怎么还能要你的钱？我自己会想办法的。"耿小芹气得把钱直接塞到他的口袋里，瞪了他一眼说："这都啥时候了,你还和我分你的我的?这是咱俩共同的事情,现在我的就是你的,将来你的全部都是我的。"说完自己也不禁莞尔一笑。

叶运平热血上涌,他感动得手都有些颤抖,禁不住抓住耿小芹的胳膊,一下子将她拉入怀中,"小芹,你真是太好了,这辈子,我一定会好好地对你!"低头在她光洁的额头上深深地一吻。

"哎呀!"耿小芹赶忙挣脱出来,"你要死呀,胆子越来越大了,都不先看看有没有人过来。"她似嗔非嗔,脸上红霞乱飞,飞快地整了整头发,又说:"你还没有吃饭吧?走,去我家,他们都不在家,你想吃啥,我给你做。"

第一章

**

8

农村的正月里,除去放映电影,最吸引人的群众性活动就应该是村里组织的红火热闹(方言:正月里当地的社火表演)了。锣鼓敲、狮子舞,秧歌队们扭起来,政府牵头,每个村都至少要出一个节目,一般是初二三就开始排练,十二三的时候先在乡镇上表演,选拔出优秀的节目代表运城市参加正月十五元宵节在河东会堂前的广场上举办的各县的汇总演出。周边的老百姓都会在这一天挤到城里来,解放路、红旗街等主要街道上还有彩车巡演,最后的焦点就聚在河东广场上,那场景,人山人海,比肩接踵,气势喧天,规模宏大。

姚满财以前在生产队任职的时候,对这种事也很热心,而且他也爱好这个,这几年诸事不顺,家里负担日益加重,他也就没有心情顾得上这个了。但后半年时来运转,他姚满财点又顺了,忙碌是忙碌,但钱包里到底是有票子了,欠别人的新账老账全都了结了,还能美美气气过个年,一下子觉得腰杆挺直了好多,口袋里也时常能有一盒翡翠烟了,而且有时还是带过滤嘴的,招呼人时绝对能拿得出手。只是李旭林这几天就开始紧锣密鼓地张罗起榨油厂的事了,这家伙做事果断,紧抓一切可乘之机。既然两个人合作,好多事情姚满财就得操心了,还有轧花厂他还得和老张轮流值班,所以他就是心再痒痒都没有时间。好在晓云放寒假在家也没啥事,他就让晓云报名参加了,自己女儿模样没说的,现在也不是像以前那样困窘了,抛个头露个脸也让村里人瞧瞧。为此,他特地给了女儿10块钱,吩咐她别人买吃的喝的时自己也不要省,人多场合不能再让他们小看。

姚晓云在家里也是闷得慌,正月里,家家都收拾得干干净净的,没啥杂活。妹妹姚晓雨面临中考,学业紧张,姚晓云就出来和一群大姑娘小媳妇混在一起了。

大姑娘、小媳妇,三个女人一台戏,叽叽喳喳说长道短还行,但要编排个像模像样的节目她们没一个人在行。姚晓云大致了解了一下才发现,自己年龄虽然最小,却是学历最高的,在文化娱乐方面好像还数她最有经验,因为她在初中和高一元旦时都演过节目。她见大家群龙无首,不知所从,吵吵闹闹半天说不下个样行,便毛遂自荐,向负责热闹活动的村委会主任杨康来建议由她来教大家健美操。

20世纪80年代以来,中国大陆的改革开放使得港澳台的一些文艺项目逐渐地进入内地。国外的一些流行音乐,时尚歌舞也接踵而入,像摇滚音乐、爵士舞、健身操等等便逐渐地普及开来,当然在农村还算是个新鲜的事物,所以姚晓云觉得它肯定有吸引力,和传统的扭秧歌、敲锣鼓相比,是个亮点。

姚晓云让杨康来找来了一台录音机,自己借了一盘有《小草》歌曲的磁带。《小草》是1985年春节联欢晚会的歌曲,由军旅歌手房新华演唱的,只有两个八拍,非常容易上手,编排出来的健美操动作虽然简单,但是很好看,极适合团体性表演,而且歌词含义也与这个时节万物复苏、蓬勃向上的气象相一致,大伙都赞同用它来作为健美操舞曲。

这些农村妇女,有的才是第一次听说健美操,刚开始听音乐感受节奏时,连左右手都还分不清楚,肢体动作明显不协调,但年轻人毕竟对新鲜事物感兴趣,只要用心,接受的速度也快。姚晓云平时在文化课学习上颇感吃力,在这方面却感觉自己挺有天赋,在教与学的过程中也体会到了成就感和乐趣。大伙配合密切、排练认真,效果非常显著,正月十三在龙居镇政府大院初次演出,便得到了领导和群众们的一致称赞,被选拔出来参加正月十五在城里举办的元宵节汇演。

正月十五闹元宵,一个"闹"字体现出了这个春节尾声的热闹和狂欢。2月12日10时,运城地区元宵节民间社火展演在河东广场如期拉开帷幕。这一天晴空万里,天高气爽,人如潮、花似海,彩旗飘扬、人头攒动,数万名群众齐聚于此,前来观看,狮子舞起来,秧歌扭起来,锣鼓敲起来……绚丽纷呈的社火展现,包含着改革开放后城乡居民的节日欢乐和对红火生活的美好向往。

姚晓云她们的节目命名为《拥抱春天》,被安排在演出临近结束的时候压轴出场,姚晓云作为领队,带着大家和着广播里女主持人清脆悦耳的串台词解说声,身着俊美、矫健的表演服依次登场:

"盼望着,盼望着,东风来了,春天的脚步近了。一切都像刚睡醒的样子,欣欣然张开了眼。山朗润起来了,水涨起来了,太阳的脸红起来了。绿遍神州的小草们也发芽了,她们茁壮,她们芬芳,她们踏着改革开放的春风款款走来,带给我们一幅欣欣向荣的崭新画卷!……"

演出非常成功,市里的领导满意,镇里的领导更满意,村委主任杨康来心里乐开了花,领着这些"农门女将"在镇政府对面的饭店里美美地吃了一顿,他左手酒瓶,右手酒杯,给大家一一敬酒,并且当众宣布,村里要重奖大家,尤其要重奖姚晓云。小媳妇大姑娘们便又兴奋地热闹起来,开始逗起姚晓云,有的要她请客买好吃的,有的说要给她找个好婆家。姚晓云俏脸绯红,低头跑出了饭店,站在十字街口,看着街两旁高大挺拔的钻天杨,看着蓝天上悠悠飘荡的朵朵白云,心中充盈着无限的惬意,多少年的春节,她第一次感到如此的充实和快乐!

第一章

过完正月十六,对于村里的人们来讲,就算真正过完了年。天气一天天暖和了,花开了,鸟叫了,土壤松动了,小草露头了,家家户户又都开始忙碌起来了。

春天是多姿多彩的,世间万物都以崭新的面貌来迎接这个美丽的季节,尤其是在农村,无论是温暖轻柔的风,还是沁人心脾的雨,无论是山川河流,田间地头,还是人们的脸上,都能让你感受到春天的气息无处不在。春天的美不仅在于大自然赐予的自然美,更多的是因为田野上播种劳作的农民,正是他们栉风沐雨的辛勤耕耘,才使得这个季节变得更加完美。

农民,是春天的使者!

"一年之计在于春"。勤劳的农民经过一个冬天的休憩,此时又见到他们忙碌的身影了。"立春一年端,种地早盘算"、"立春雨水到,早起晚睡觉",正月十六已是打春的第十天,姚逼渠南北两侧广袤的田野上便热闹起来了,小型四轮、农用手扶车穿梭在阡陌间,隆隆的马达声不绝于耳,坚硬的铁犁铧又翻开肥沃的土壤,开始书写新的篇章。

紧邻轧花厂的北侧,榨油厂的建造工程也轰轰烈烈地开始了。仍然是李旭林在外跑手续,姚满财守在这里张罗着,年轻人又聚在一起了。因为开过年轧花厂基本上没啥活,所以女工就只来了个帮厨的耿小芹,男工们除了有几个家里农活多脱不开身以外都来了,他们主要是平地基,修围墙,充当杂工、小工,给比较专业的大工们打下手,搭建厂房。

当然,个人的事情也并没有停顿下来。5月1日,耿小芹风风光光把自己给嫁出去了。这一天阴历是四月初四,并不是嫂子兰草想要的、农村所讲究的大吉大利的三、六、九,但耿小芹坚持选在了这个"国际劳动节",她说在这一天结婚会得到全世界人民的庆贺。

这一天的天气也的确很好,白云飘逸,阳光亮丽。村里的老人都说,结婚这一天天气好,说明新娶的媳妇是个好媳妇。看来老天也在祝福叶运平和耿小芹这对年轻人。

不用选,伴郎自然是赵海。两个好朋友个头差不多,都在一米七五左右,赵海壮实,一身黑西装显得稳健;叶运平瘦削,一身蓝西装显得儒雅。赵洋领着五个小伙子,六个人一人一辆自行车,两两分开,组成三对,后座上分别竖起一杆红、蓝、黄旗,赵洋和另一个排头的小伙子还又各载了一个人,坐在后座上专门负责放炮。八个人分成两列,一马当先,接着是一辆贴着大红喜字的小四轮,拉着乐队的人,还是唢呐钹铙、洋鼓洋号齐全。新郎伴郎两个小伙子,风流潇洒,意气风发,各骑着一辆崭新的自行车(赵海骑的是自己结婚时才买的),叶运平本来还计划用轧花厂的卡车来迎新娘,但耿小芹看了天气预报,说"五一"期间天气挺好,再说路程也不远,就不必花费那钱了。叶运平感喟小芹还没过门就这样为他着想,便掏了60块钱雇了一辆跑运城到永济卿头客运的公共汽车来接送小芹娘家亲戚,因为他听小芹说,她娘家亲戚有好些年纪大的,腿脚不方便,坐公共汽车最起码比坐小四轮、手扶车要舒服些。

一路乐声嘹亮,炮声震天,娶亲队伍浩浩荡荡地开到了耿小芹的家门前,刚进院子,一群人就把大门给锁了。两个门环上是锁上加锁,大约有十来把之多,还没走到小芹住的房门前,一大堆和兰草一般年纪的小媳妇就围了上来,七嘴八舌地讨要起"封"(红包)来。叶运平本身穿得有些厚,这时感到手心都沁出汗了,赵海捏了一下他的手,示意他别紧张,毕竟他经历过一次,这种场面就是要显出热闹气氛,但不论怎么样,新郎是不能发话的,一切全靠伴郎周旋,伴郎的巧舌如簧、能言善辩就是要在这一时刻展现。

赵海咳嗽了一下,胳膊一挥,大声说道:"大家不要吵!今天是个喜庆日子,大家热闹热闹都很正常,但是,凡事都要有规矩,咱们两个村距离也就是五六里路,什么风俗讲究我都懂,一会儿你们还想要什么出门封、上马封、过路封,该掏的封我一个都不会少,不该掏的封我一个都不会掏。你们叽叽喳喳谁能说得清?叫你们的总理事派一个代表过来找我,我和他大包大揽,一笔清。要不在这里尽浪费时间,啥事都不顶,耽误了婚礼的典礼时间,这是新郎新娘的人生大事,你们谁能负得起责任?"

赵海魁伟结实,又是一身黑西服,好像录像里香港黑社会的打手一般。他说话声音又洪亮,一下子把这些女人们给镇住了,接下来一切都顺利了好多,叶运平心里不禁对这个好朋友暗暗佩服。

叶运平载着耿小芹,赵海载着伴娘,新郎温文尔雅,新娘端庄大气,赵海稳健,伴娘秀丽,四人两车在公路上并行,既有红花绿叶陪衬之美,又有春兰秋菊相竞之韵,加上蓝天白云,碧树青草,天时地利人和,形成一道靓丽的流动风景,引得路人纷纷驻足观看。

除去自行车,其他的三大件都作为嫁妆陪送过去,虽然不是上海产的名牌,但崭亮亮新的,也看不出与名牌有啥差别。其实平凡人的婚姻都大抵如此,芸芸众生,没有人会永远地关注你,众人只是看一时的表象,真正的幸福与否,还得看你怎么去经营。

第一章

10

田家少闲月,五月人倍忙。夜来南风起,小麦覆陇黄。"五一"过后,气温立马就感觉升高了好多,吹在脸上的风都是干热的,庄稼都"嗖嗖"地往上蹿,有些早播的棉田里已有红花白花竞相开放,进入了开花结铃期,而以往绿油油的小麦则在布谷鸟的催叫声中从根到梢迅速地变黄了。

解州中学操场的南侧,是一片平展的高台,年年都种着小麦,这几天一到活动时间,姚晓云就过来看看小麦长势的变化。村里的土地盐碱化程度比这里更厉害,小麦成熟得也就更早些,现在村里收麦虽然主要还是靠人割,但那种和小四轮、手扶拖拉机组装的卧式割台收割机已经出现了,个别劳动力少的或者不想费时间的人家,就开始用这种小型机械进行收割,然后用车拉回到麦场上,等待脱粒机一脱就可以把麦子运回家了,这样就能够节省好多时间和劳力。

姚满财今年就采用了这个办法,他也是不得已而为之。榨油厂这几天设备才刚刚运回来,正准备安装调试,工人们却都回家收麦去了,连门房老张头都请假了,李旭林也是一天难见个人影,两个偌大的厂就他一个人守着,当然,还有大黑狗。两个厂在轧花车间的地方是相通的,方便棉籽转运,也方便巡查,大门一锁,在里面一转,两个厂就都看了。荒郊野外,大路边上,白天有大黑狗来回转着,勉强还可以,但晚上就必须要留人值班守护。

姚满财抽了个白天时间,花了60块钱,找了个收割机把自家所有的麦子都割倒了。姚晓云正好也请假回来了,父女两人再加上妻子高淑梅,紧打紧地把麦子打成捆,又掏了15块钱让别人用小四轮赶天黑前运到了麦场上,就急急忙忙回厂里去了。

剩下的事情就落在姚晓云头上了。第二天一大早,她吃了饭,戴上草帽,拿了把铁叉,就赶到了麦场上,今天天气不错,隔壁秀莲婶家要碾麦子。在农村,不论是碾麦子还是脱麦子，都是极费劳力的。家里劳力多的需要全家出动，家里劳力少的就需要几家联合起来，相互帮忙。而姚家能够出来给别人帮忙的就只有她姚晓云了，父亲没有时间，母亲身体不行，妹妹初三马上就要中考了更不可能。

　　碾麦子需要天不亮就得起来，先把场地打扫干净，然后把麦捆拖到麦场中央，一捆捆地解开，用铁叉把麦秆翻起来，使之支棱起来，阳光好照进去，尽量把麦穗都露出来，好让日光暴晒，十一二点的时候，太阳火辣辣地照射，还要再翻腾上一两次，目的是把底下的麦秆晾到上面来，让太阳充分晒干，利于碾脱。下午两三点是一天中最热的时候，专门负责碾场的拖拉机手开着带碌碡的拖拉机就过来了，一个拖拉机，只有车头，没有车厢，拖个石碌碡，在偌大的麦场里转圈圈，一圈又一圈。拖拉机碾场，碾的不是麦，而是那紧张的场面和长久不息、单调刺耳的柴油机"嘟嘟"声。这中间，主家也不能闲着，要不时地躲闪着转过来的拖拉机，用叉挑起碾不到的麦子，扔到拖拉机下，让碌碡继续碾，使得麦粒完全脱离麦穗。

　　一场麦子一般要碾两次，中间拖拉机手暂时开到麦场外停歇一会儿，人们把整场麦秆彻底翻转一遍，就是俗话中的"数场",然后继续碾,第二次碾过以后就可以起场了。用木叉把麦秸归拢后,堆积到推车上面,再运到指定的地方,等闲下来了把它们堆成麦草垛。巨大的木制推车载着小山一般的麦秸,要把它转运到别处可不是件容易的事,这一般都是靠精壮小伙子来完成的。这不,秀莲婶的儿子昝国良正推着推车满场跑。姚晓云呢,她拿着一个推板把麦粒往一块儿推,在麦场中央积成一个大堆,等到下午有风的时候就可以扬场了。用推板推麦粒也不是省力气的活,姚晓云的衣衫早已被汗水湿透了,虽然戴着草帽,但哪能遮住四处飞扬的灰尘,浑身上下像个泥人儿似的,只有汗水淌过脸颊,才能冲刷出一道道红润白皙的肌肤。

虽然秀莲婶一家也不时招呼姚晓云喝点水,歇会儿,但她还是咬着牙,"哼哧哼哧"地推了一趟又一趟,自己只是一个人,而秀莲婶说好要和儿子国良两个人帮她家脱麦子呢,自己不费点劲多干些怎么能行呢?碾麦子费劳力,但是拉的战线长,需要整整一个白天,脱麦子就不一样了,每家就那么一两个小时,节奏很快,每个人都要绷紧神经,密切配合,不容分神的。

下午四五点的时候,碾好的麦子连粒带衣终于在麦场中央积成了一个大堆,大伙都坐下来,静等风起了,如果不来风的话,就要用扇车来扇了。这空当间,昝国良买了一塑料袋雪糕回来了,他给每个人都发了一根,最后走到姚晓云跟前,把整个袋子都给了她,说:"云云,你歇一歇就回家去吧!你这念书娃,平时不干活,看把你使得。这剩下就没多少活啦,你就不用管啦。我妈说了,你家麦子啥时候脱,时间确定了你提前说一下就行,肯定误不了事。"

姚晓云接过塑料袋,掏出雪糕一看,自己的和别人的不一样,还是个夹心的,她看了一眼昝国良,后者正含笑看着她。姚晓云犹豫了一下,还是揭起了包装纸,舔了一下,她实在太渴了。

"谢谢你了,国良哥。那我给婶子说一下,我就先回了。"

姚晓云回到家,母亲已做好了饭,她简单地洗了洗,胡乱地扒了几口。全身的疲惫让她没有胃口吃饭,可是躺在炕上,她脑子却还是在不由自主地运转着,一时半会儿睡不着。

她还要把接下来这几天要办的事再从脑海里过一遍:母亲拾掇出来准备装麦子的所有编织袋最好还是再检查一遍,确保每条袋子都不漏,都有口绳。明早再让母亲定对一下脱粒机的事,如果能确定明天晚上脱粒,那明天就要到龙居会上买些菜,最好再割点肉。因为脱粒大多都是在晚上,父亲根本没有时间,她就说实在不行她从班里请几个男同学过来帮忙(不论初中高中,关系好的同学之间相互帮助收麦子是很普遍的),父亲便给了她20块钱,让她给同学买些好吃的。哎,现在火麦连天,都在龙口夺食,龙居会上还不知道有没有人,不行就去解州买吧,反正得去学校找赵洋,再买几瓶小香槟吧,怎么去呢?借秀莲婶子的自行车吧,对,还要用人家的拉拉车转运麦子呢,父亲过年时放在家里的那盒烟也找一找,国良哥是抽烟的。还有,明天起早一些,洗个头发洗个澡,穿那件红格格衬衣,赵洋还有别的同学要来,还得把家里简单收拾一下……

赵洋和同桌王红雷一人骑着一辆自行车,赶到姚晓云家的时候,天还亮得很,离黑还早着。今天周六,高中到底是高中,不像农村的小学和初中这时候要放麦假,但解州高中毕竟来自农村的学生不少,周六下午放得就早些,尽量让学生能早点回去帮家里人干些活。王红雷的家在西姚乡,盐池以南中条山下,那里本来耕地就少,加上王红雷父亲又是在供销社上班,不是农村户口就没有耕地,所以家里农活很少。这么大的男孩子,有几个不好动的?便跟着赵洋一起来凑个热闹,接受一下"贫下中农再教育"。

姚晓云先去秀莲婶家,给她说了脱麦要等到后半夜了,到时候会提前叫她和国良哥,顺便把拉拉车借了过来。赵洋和王红雷把捆好的编织袋搬起放到车上,把木锨、铁叉、笤帚、簸箕等等工具也一并放了,然后姚晓云就招呼他俩进屋吃饭。

饭菜挺丰盛,韭菜炒鸡蛋、豆芽炒肉丝、虎皮豆腐、凉拌人造肉,还有赵洋爱吃的白糖黄瓜西红柿。母亲高淑梅做完饭就和奶奶到别屋去了,即使这样,两个大男生还是有些不好意思,赵洋说:"弄这么多菜,我俩一点活都还没有干呢!"姚晓云给他和王红雷一人开了一瓶小香槟,说:"吃好才能干好。本来还有隔壁的国良哥,但他去地里没有回来,我奶和我妈都吃过了,就只有咱们仨,所以不要拘束,放开吃,到时活来了就放开干。"

吃完饭,月亮刚好升起,光华如水,倾泻在农家院子里,凉爽宜人。姚晓云在院子里扫了块地方,铺了一张大凉席,让赵洋、王红雷和奶奶坐在上面歇息,自己和母亲到屋里洗涮锅碗了。

儿子姚满财常年忙碌几乎不着家,两个孙女上学也少在身边,平时总是婆媳两人寡言少语的,奶奶难得见有个外人说说话,而赵洋和王红雷刚吃过饭,精神正旺。

王红雷是个爱学习的好学生,喜欢钻研、探索,他时常听赵洋谈论姚暹渠,便产生了浓厚的兴趣,今天过来他还计划抽空到姚暹渠上面转一趟呢。现在他便和奶奶拉起了家常,谈论起姚暹渠的历史来,奶奶的娘家就是本村的,她的肚子里当然有着许许多多关于姚暹渠的往事。

"这姚暹渠哪,可有些年代了,少说也有1000多年的历史了,老早以前据说光是水面就有三四丈广,水深一丈多,两岸的堤坝都有两丈多宽,既能运盐运粮,也可防洪灌溉。相传清朝的大将军年羹尧就用它往西安运过咱们运城盐池所产的'潞盐'。那时候世道不太平,咱们这姚暹渠上也时常有盗匪出没,因为这两岸堤坝上面草木乱生,树茂林深,藏百八十个盗匪稀松平常,经常劫持过往的船只,年羹尧刚来咱运城兼任'河东巡盐监察御史'时,派出的运盐船也没少被盗匪们祸害过。年羹尧呀,说我戎马倥偬,征战沙场这么多年,还怕你这小小蟊贼?就暗暗计划剿灭这些贼寇。有一天晚上,又要往西安运送大批'潞盐',年羹尧决定亲自押运。那一夜,星隐月沉,伸手不见五指,四艘运盐大船在姚暹渠中缓缓行进,三更时分,到了现在的金井乡西王村附近,忽然有一股劲风从西边吹来,但过了一会儿就静寂无声了。

将士们都不知道是怎么回事。年羹尧沉思片刻,果断命令两小队骑兵,分别沿南北两岸的小路,人含草马衔枚,急速行进5里,在一片密林中终于搜索到埋伏的盗匪,盗匪惊慌向北逃窜,最终被全歼。将士们在取得大捷的地方洗马整装,以庆胜利,后来那附近的村子就改名叫洗马村,从此这一带盗匪销声匿迹,姚暹渠河运平安了数十年。有人问起当时怎么能判定有盗匪埋伏,年羹尧回答说,那么强劲的声音,一瞬间却又消失了,那肯定不是真正的风,而应该是好多鸟振翅高飞发出的响声,三更半夜大批的鸟儿好端端飞起,肯定是受了惊吓,前方五里处,林更杂,树更密,夜宿鸟儿必多,再加上渠道弯曲,上有石桥,船行于此速度缓慢,所以极有可能是盗匪在此潜伏,惊动了群鸟。"

关于年羹尧,他在这几年放映的香港拍摄的武打录像里经常出现,像什么《血滴子》《吕四娘》《江湖三女侠》等等,王红雷和赵洋多少都看过些,两个年轻人没有想到这个鼎鼎有名的传奇人物竟然还曾镇守过运城,在这条看似毫不起眼的古老河渠上书写过传奇。王红雷挪了挪有些发麻的屁股,说:"奶奶,听说到了乾隆当皇帝的时候,姚暹渠就不怎么运粮运盐了,因为有一年连降暴雨,渠水一下涨了好多,把南面的一大片村庄都给淹啦,老百姓都活不下去了,拖家带口,纷纷逃亡。我听我爷爷说,我们老家以前也是在姚暹渠跟前住着呢,就是因为那一年发大水,没法才搬到中条山下的西姚。后来姚暹渠就变得以防洪防涝为主了。"

"可不是。"奶奶的声音一下子高了许多,她拍打了一只瞎飞乱撞的虫子,"咱们这面地势低,一发大水就往咱们南边冲。据说那年把咱们这一片的村子全给淹啦,水还是不停涨,有个村子的人胆子大,把村跟前和姚暹渠配套堵截河水的埝挑开了,让洪水'哗哗哗'都流进了盐池,把盐池全给冲了。那一年基本上就没有产下什么盐。咱们运城盐池的盐税当时可是朝廷的一大笔收入呀!那时候乾隆皇帝还年轻着,火气正旺,一怒之下把村子里的人可杀惨了,只有四户人家残留下来,那个村子后来就被叫做四家村,就在解州南边的车盘跟前,再以后人们不愿再回想这段伤心事,就改名叫寺下村了。可是光靠杀人是挡不住水患的,'大跃进'那年,刚刚立秋,雨就下个不停,姚暹渠好多个地方一下子都决口啦,咱们这一带就全部成了汪洋,棉花呀,玉谷呀,芝麻呀,一大片一大片的庄稼还没来得及收,都全部淹在水里了。村里的精壮劳力全都被召集到姚暹渠跟前参加抢险。那水大得呀,装着沙土的麻袋扔进去霎时就被冲得不见踪影了。实在没有好办法,大队干部商量,每个生产队出一驾马车,四头骡子,四个年轻小伙加一个车把式,载上满满的沙土麻袋,再拖上一大捆树枝。车把式双腿大叉站立在辕杆上,左手抄起撇抻绳(掌握方向的绳索),右手高举红缨鞭,'叭''叭''叭',打得山响,就像空中爆了一串炸雷,所有的骡子同时发力向前奔,马车如同脱弦的箭一样疾射而出,轱辘碾过,泥浪飞溅,大家都齐声喊叫加油,专门还有人在边上敲锣打鼓助威,场面相当热闹壮观。十几架马车齐刷刷冲到决口的地方,几十个小伙一起动手,好些人还直接跳到齐腰深的洪水里,七手八脚、争分夺秒,沙袋、石头、树枝'嚓''嚓''嚓'就堆积起来,才终于把决口给堵住啦!"

奶奶的一番讲述,把两个人听得好半天回不过神来,饱经风霜、阅尽沧桑的姚暹渠哟,千百年来,你给你的子民们带来了几多福祉?几多灾祸?

第一章

11

　　麦收过后,地里的农活就主要是趁雨后进行回茬和棉花苗的简单管理,新媳妇们则是要回娘家"看麦罢",农民们基本上进入一段相对轻松的时期,而学校里的学生们却迎来了一年中最紧张的考试季。

　　龙居中学参加中考的学生都统一住在位于红旗西街的运城市第二招待所(俗称"二招"),姚晓雨的考场则在位于解放南路的盐化中学。这是主要以盐湖资源为生产原料的运城盐化局的子弟学校,站在校园的教学楼上就能清晰地看见中条山脉和盐池湖水。姚晓雨的考场在教学南楼二楼的第二个教室。

　　第一场考的是语文,8:30开考,但必须提前半个小时进入考场。姚晓雨7点刚过就到这里了,她6:40吃完早饭就开始走,虽然以前从没有来过运城,但昨天下午认了一下考场,觉得路也不难找,出了"二招"大门,右手拐第一个十字路口再右拐过两个十字路口左侧前行100米就是考点(她为了防止天阴没有太阳辨不出东西方向,专门用左右来记忆)。

姚晓雨找了一片冬青树后的地方坐下来,静静地开始复习,不觉间入场的哨声吹了起来,她起身收拾好东西融进熙熙攘攘的考生群中向考场走去。就在她所在的那个考场教室门口,突然有一个女生跺着脚大叫起来:"呀,糟糕,我忘记拿2B铅笔了!"

这几年考试开始推行机读卡答题,每一科的客观题都少不了用2B铅笔涂卡。这姑娘也是,怎么能如此大意?考生们都一个个看着她,却又一个个从她身边走过,即将开考,谁有心思管她的事呢?监考老师也束手无策,她一时间也想不出个好办法,返回去取时间肯定来不及,女生着急得几乎要哭了。

姚晓雨正好走到考场门口,她看着这个女生万分焦急的样子,默默地咬了一下下唇。临考前每个学生发了两支2B铅笔,为了后几天的考试,好多学生都只是先带一支用,姚晓雨就是,但她还是伸手拍了一下女生的肩膀,掏出自己的那支2B铅笔,使劲一掰,折为两截,把一截塞在了女生手里。由于怕涂卡时笔芯突然折断,她在昨天晚上就把铅笔的两头都削好了。

这个粗心的女生叫李百灵,解州初中毕业的,人如其名,活泼、开朗,爱笑也爱哭,就是有些大大咧咧。不知怎么地,一贯挑剔人的姚晓雨倒还觉得她有些可爱。这姑娘实在是一个会享受快乐的女孩,不知她语文考得到底咋样,反正铃声一响,卷子一交,刚出考场她就哼起了小曲。而且下午一来,她就塞给姚晓雨一瓶冰镇汽水,姚晓雨想了想,收了下来。对于这个性格外向的女孩来说,如果她是出自真心,那硬行推辞会令她伤心的,那就却之不恭了。

人与人的缘分从来是难以预料的。当姚晓雨以优异的成绩拿着康杰中学的录取通知书迈进这所位于市区中心的省级重点中学的高一新生教室时,第一眼就看见李百灵在过道里跳来蹦去,正指挥着几个男同学在摆放桌椅。

"哇,姚晓雨!"李百灵抬头看见了姚晓雨,发出一声欢叫,她张开双臂,像小鸟一样飞了过来,给了姚晓雨一个大大的拥抱,"真的是你?太好了!"

姚晓雨看着她,含笑点了点头。李百灵接下她的东西放在已摆放好的课桌上,说:"你的手续还没办吧?走,我知道地方,我和你一起去。"扭过头对那几个男生说,"你们好好干,我要帮助新同学办理入学手续去了。"

听李百灵说,她父亲是解州中学的老师,在康杰中学有熟悉的朋友,所以她就早早地来报到了,一切手续都是父亲和他朋友给办的,她就只是跟在后面看。而姚满财把姚晓雨送到康中设在大门口的高一迎新处就匆匆走了,厂里面的事太多,天气还热,姚晓雨带的行李也不是很多,她就坚持让父亲回去了。习惯了独来独往的她觉得终究有一天要走出父母的荫护,该自己完成的事情就由自己来完成吧,也许会吃苦、受累,那就算是一种锻炼吧。但是,面对李百灵的帮助,姚晓雨又觉得不忍拒绝,她能够感受到她的真诚和热情,毕竟,在这么一个陌生的、崭新的环境里,在这人生成长最重要的一段日子里,能有一个朋友陪你共同走过三年的时光,未尝不是一件好事。

第一章

12

　　小女儿考入康杰中学,对姚满财来说,虽然也算在意料之中,但仍然欢喜异常。小女儿自小聪明,在村里上小学时,每次考试都是年级第一。棉白纸黑墨汁写就的全校各年级排名榜一溜十几米长就贴在大队门口的右侧屋檐下,有好几年还是他写的呢,姚晓雨的名字在最明显的位置,一眼就能找到。路过的时候,只要不忙,姚满财都会挺着胸,仰着头,踱着步,仔细地、慢慢地浏览,他对自己的毛笔字并不甚满意,但对小女儿名字的位置还算满意。

　　姚满财对小女儿的学习从没有操过心,考上康中了,竟然也没有时间陪孩子完整地办完入学手续。那几天的确太忙了,不过他也知道小女儿性格要强,在这方面胜姐姐多了,不用多管她也照样能够一一办完。唉,这个女儿将来肯定要远走高飞的,而晓云呢,性格绵,还是留在身边好。

经过这几个月的运作,榨油厂的生产逐渐进入正轨。如今,种棉花的农户越来越多,种植面积也是越来越大。棉花耐盐碱,而地处黄土高原南端的运城盆地分布着广袤的盐碱地,尤其是姚暹渠以南到太风公路(太原—风陵渡)之间,由于地势偏低,盐碱化程度尤为厉害,冬春季节,地表经常是白茫茫一片,宛若满地残雪。在这样的土地上,有人种植油葵,油葵也耐盐碱,但是鸟啄鼠偷,小孩糟蹋,算到底还是种棉花经济实惠。夏秋时节,你站在高高的姚暹渠上俯瞰南北,那一片片棉田绿野茫茫、横无际涯,而且棉株高大,几乎赶上人肩。好些农民还在埝垄上套种着花生、西红柿、南瓜,或者是甜瓜和西瓜,所以暑假或者秋假里,孩子们有时候在家里待得腻了,也乐意被大人派到棉花地里干活,以趁机犒劳一下嘴巴。

哥哥赵海结婚后不久,按照村里的风俗,父亲就把家里的田地划分了一下,让他和嫂子分户另起锅灶了,剩下地里的农活暑假里赵洋自然少不了要干。暑期棉花的管理主要就是打药灭虫,先是腻虫、红蜘蛛,等到开花结铃了就是棉铃虫。军绿色的铁皮圆筒喷雾器,单肩背还是很累的,而且隔一会儿就得卸下来打打气再背上去才能继续打,饶是赵洋还算健壮,一晌午下来肩头也是红红的一片勒印。

幸好姚晓云不用干这个既耗体力又危险(有好些农民因为在高温下给棉花打药农药中毒)的农活。姚满财把家里所有的地全部种成了小麦,全部心思都投在两个厂上了,尤其是榨油厂,一切都是新的,完全是摸着石头过河。

忙碌了几个月,现在总算一切正常运转,姚满财狠狠地吐了几口气,躺在硬板床上伸了伸胳膊腿,顺手把床头的收音机音量旋钮拧了拧,调大了些,"十三大"召开盛况正在直播。

1987年的初冬,10月25日至11月1日,中国共产党第十三次全国代表大会胜利召开。要是在以前,姚满财绝对不会去关心这些,太遥远的北京,太高层的中央,跟咱小小老百姓有啥关系呢?但李旭林却告诉他,无论多忙,都要抽空听听,因为中央政策的方向,就是咱们老百姓讨生活、谋出路的方向,吃透政策,抓好时机,先人一步,你就能发财致富。

姚满财现在也开始相信这话的真理性了,这不事实明摆着嘛,李旭林虽然认识的字比他少得多,但人家挣到的钱却比他多多了。你如果不了解国家政策的调整方向和社会需求的变化趋势,你的工厂怎么能产出卖得快、挣钱多的东西呢?

所以姚满财就把收音机捧在了胸前。他出了值班室,慢慢地走到厂门口,工厂车间里的机器声不停地轰鸣着,厂外的大路上却甚是清静,厂门两侧开业时他自己手写的清人陶澍题与油坊的一副大红对联仍在寒风中傲然展挺:

榨响如雷,惊动满天星斗;

油光似月,照亮万里乾坤。

除了具有嵌名功效外,这副对联,"榨响如雷"虽然夸张,但姚满财觉得正是这惊天巨响驱散了自己多年的晦气,而"照亮万里乾坤"则意味着自己要迎来光明无限的"钱"景。

就在姚满财半听广播半陶醉于自己作品的当儿,工厂里突然传来一阵骚乱。姚满财心里打了个激灵,赶紧把收音机塞进口袋里撒腿就往厂里跑,一进厂门就看见七八名工人拥挤出车间,被抬扶着的叶运平面色苍白、一脸痛苦地捂着左臂,鲜血不断地顺着包裹的衣服往下滴。姚满财脑袋"轰"的一下,他赶忙冲出厂外,挥手拦住了一辆刚从轧花厂驶出的卡车,指挥着众人把叶运平抬上卡车,翻出口袋,把里面的350块钱全掏出来塞给带头的工人,让他们赶快去地区医院急诊处,说自己联系一下李旭林,安置好厂里的事情立马就过去。

叶运平在粉碎棉籽时,忙中出错,衣袖不慎被粉碎机卷入,亏的是跟前的工友及时拉闸断电,但高速运转的碾辊还是瞬间就将他的多半个左手掌及半侧小臂轧得粉碎。

姚满财独自在姚遥渠南坡下的地埝边,足足蹲了一晌午,平时舍不得抽总装在口袋里用来应酬的红梅香烟在他的嘴边一根根地变成了灰烬。李旭林押着一货车棉籽油去广州了,这几天根本不可能回来,事情出来了,但工厂还得运营,机器还得转,一大早在邮电局给李旭林把情况说了,李旭林说,能有啥法子呢?乡里乡亲的,先抓紧看伤,再协商赔偿,资金运转困难,他想办法联系王秉禄,再贷款。联系人李旭林能联系,但所有这些都得由他姚满财一一去实地操作。

私人小企业,没有劳动合同,更谈不上什么工伤事故赔偿标准。姚满财走访询问了近年来周边地方的类似情况,像叶运平这样的伤残程度,大致得赔付2万块钱。唉，2万块钱哪，人家叶运平结婚还没半年，妻子耿小芹刚刚怀孕，一家人正指望他挣钱养家呢。可话说回来，两个厂里这一阵子收购籽棉和棉籽，资金周转正是困难期，这住院才两天已经把1000多块钱扔进去了，后面不知道再需要多少才能出院呢？还有这个安全问题，要尽快定出个制度来，女工的长头发，男工的烟把把……

还有，今天下午晚点还要去见一下金井乡农行营业部主任王秉禄，商量一下贷款的事。李旭林的招呼应该打到了吧。

第一章

13

天才刚刚擦黑,金井村的大街上就开始冷清了。金井村并不是金井乡最大的村子,老早以前这里是一座荒丘土岭,人称凤凰脊背。岭上杂草丛生,飞禽走兽时常出没,人烟罕至。四处向外贩盐的商人们在凤凰脊背上开辟了一条运盐车道。它由东南向西北延伸,盐商每天赶着运盐车马从盐湖出发,行走到此地就已人困马乏,需要歇息打点,牲口需停蹄加饲料,当时这里既没有人家又没有水源,用水十分困难。盐商们便集资在路南边的大槐树下打了一眼井,人畜用水之苦便得以解除,从此,这条道上大小运盐车辆一帮接一帮,昼夜络绎不绝。

可是,突然有一天,一条红色的大蟒蛇出现了,不但占据了水井,还不时袭击过往行人和客商,在当地造成极大危害。为除蟒蛇,人们从龙居镇请了一位美丽的姑娘,因为据说这条蟒蛇小时候曾被这位姑娘养过。毕竟蟒蛇天生野性,与姑娘虽还有亲情相连,终究还是难以驯服。姑娘为永绝此患,果断杀死了蟒蛇,但自己也筋疲力尽而死,双双葬身于水井之中。人们为感激姑娘义举,以金银财宝投入井内,并在水井之上修建了一座娘娘庙以资纪念,娘娘庙又称作"太吉庙"或"金井庙"。每年农历十月初一,四面八方的老百姓都会云集于此,在庙前上供、敬香、祈福、祷告,善男信女求子拔花烧香还愿,庙内供品堆积如山,布施钱财不计其数,香火极旺,甚是繁华,所以才成为一乡的中心所在。

金井的老街东西分布,路面狭窄,坑洼不平,新建的大街南北延伸,却是宽阔平坦。下午就刮起来的西北风"嗡嗡"地正好往人的脖子里钻,大晚上没啥事谁在这天气出来溜达?十字路口的昌隆饭店也没有平时的热闹,一楼大厅里灯光也是恹恹的,不似往日的亮堂,服务员也懒散地斜靠在柜台边,看着墙角电视机闪动的画面。上了二楼,一个小包间里却是灯火通明。乡农行王秉禄主任刚往喉咙里灌了一杯杏花村,他有滋有味地咂咂嘴,圆滚滚的脊背往椅背上一靠,悠悠地点上了一根烟,

深深地吸了一口,那根烟一半就变成灰了,他张开嘴吐出了一个大大的烟圈,然后对着边上的姚满财说:

"老姚呀,咱俩认识时间短,你可能还不太了解我,但旭林是我好多年的兄弟了,关系绝对没说的。你们有困难了,我给你们帮忙是义不容辞的!"

"那是那是!"姚满财点着头,赔着笑,起身又给王秉禄倒了一杯酒,"旭林早就说过,王主任你人最义气,够朋友!这事情实在是出现得太突然了,只能过来麻烦你。旭林早上在电话里都说了,找王主任,肯定没问题。"

"没问题肯定是没问题!"王秉禄又深吸了一口烟,伸手在烟灰缸里拧灭了烟头,"要是搁在平常,明天就把手续给你办了,可是现在是第四季度呀,第四季度你知道吗?金融系统年底都要结账清算,大家都忙着收贷,谁敢在这个时候放贷给你呢?"

姚满财心头一凛,不禁暗暗骂道:"这厮货,饭也吃啦,酒也喝啦,你还不满足,还想卖什么关子?"嘴上却只能笑着说:"知道是让你作难啦!实在是没办法,突发事件,你就通融通融,想个办法。旭林三五天从广州一回来就能带回货款,只要资金能周转开,现在生意还是不错的,很可能年底前就能本息全还。"

王秉禄半天没有吭气,他又点上一根烟,伸手抓起酒瓶却给姚满财倒了一杯酒,姚满财不明所以,赶紧起身接过。

"老姚,说实话,这个时候放贷给你们是要承担风险的,甚至是要犯错误的。不过——咱们这关系到这块了,我也就想个办法吧。不说他李旭林,就咱俩,打交道也快一年啦,咱们年龄差不多,我觉得你这个人还是可以的,能写会算,比起我大老粗一个,强多啦。来,碰一杯!"

"哪里哪里,王主任你太抬举我了,我就是能认识几个字,哪能和主任比呢?你一天要操心多少事,不能干哪能坐到这个位置上?"姚满财紧忙端起杯,一仰头喝干,给两人又倒满酒后,坐下来继续听他说。

"呵呵,今天酒有些多了,话也就多了,不过我脑袋清醒得很。"王秉禄举杯和姚满财又是一碰,"对了,老姚,就冲着咱俩打搅一年了的分儿上,你和旭林这件事我拍胸脯给你担下来啦,你不用再操心,我会尽快想办法的。"他又给姚满财倒上一杯,把椅子往这边靠了靠,"还有个私人问题,跟刚才那个没关系喔,咱弟兄俩就是随便谝谝,我听旭林说,你有个女儿……"

送走王秉禄,姚满财骑上自行车开始往厂里返,冰冷的风吹在脸上,让他异常的清醒。其实他本来也没有喝多,两个人才干了一瓶杏花村。王秉禄这家伙爱喝酒,但是量却不咋的,今晚两人是各怀心事,所以在酒杯上也把握得颇有分寸。

姚满财在夜深人静的大路上骑着车,一边想着王秉禄最后给他说的那些话,他知道,这才是能否顺利贷出救急款的关键。

王秉禄有个独生儿子叫王伟,今年十九了,在解州冶炼厂上班。农村的孩子,只要不上学,家里就早早给张罗结婚了,尤其是经济条件比较好的家庭,王秉禄家当然位于此列。只是这王伟虽然长相一般,敦敦胖胖和他老子不相上下,但挑媳妇的眼光却不一般,家里托媒人找了好几个姑娘都难入他的"法眼"。今年正月十五,王伟和一帮朋友去运城观看元宵节社火表演,一下子被《拥抱春天》节目中领头表演健美操的姚晓云给迷住了,本来健美操就是一项神采飞扬、活力四射、充满青春气息的运动,再加上姚晓云俊美秀挺的身段、红润娇丽的面容,登时让这帮年轻人神魂颠倒了。这王伟一回家就向父母摊牌了,说娶媳妇就要娶这样的姑娘,不然的话就不结婚,他们就别指望抱上孙子。这着实让王秉禄作难了,他没有去看热闹,不知道儿子看上的姑娘到底是谁,长的是个啥样子。王伟也没记住这个节目叫啥,健美操是个新名词,他估计听都没听过,只知道是在快结束的时候出场的,是代表运城市表演的。王秉禄动用了各种关系,四处打听,终于得知这是龙居镇选送的节目,这下才松了口气。龙居、金井两个乡镇紧挨着,熟人更多,关系就更好找了,要是太远了八竿子还不知能不能打得着,再托人在龙居一打听,功夫不负有心人哪,终于问到了杨康来跟前……

自行车机械性地向前移动着,姚满财的心思全落在这个问题上。王秉禄的儿子自己没见过,但就看他老子的长相估计他也强不到哪块儿去,十有八九自己女儿是不满意的。不过话说回来,长相又不能当饭吃,只要男方家境殷实,又能善待咱娃,咱娃嫁过去不受罪也未尝不可呀?云云这娃他自己了解、懂事、听话,自小跟着他在这个穷家里没少吃过苦,她脑子没有妹妹好,念书不行,在附近找个好人家嫁了是他这个当父亲的最大愿望。这王秉禄虽然有些官场恶习,但总的来讲还不算个坏人,他就这么个独根苗苗,他儿子爱见咱娃,他老两口敢对咱娃不好?何况人家娃还有个正式工作,咱娃跟着他也不用夏天太阳晒冬天北风刮地在地里干农活,不用熬煎吃穿用,将来有娃了老两口还有闲工夫替他们照看娃,这不是美美的事嘛!

当然,最为主要的是,王秉禄要以此为筹码,作为是否给予放款的条件。虽然他说这纯粹属于私事跟贷款没关系,但这是明摆着的事,姚满财还不至于连这都不懂,这救急钱太重要了,处理叶运平的事需要,厂里更需要,这个时候不管是轧花还是榨油都正处于旺季,工厂一天都不能停止运转。

第一章

··

14

姚晓云一踏进院子就感觉到家里的气氛非同寻常。今天周六放星期,天气不错,出了校门她照例走到同蒲铁路跟前等来赵洋,然后赵洋载着她,两人一边聊着一边慢悠悠地往回骑,姚晓云甚至还问了赵洋几个数学公式。自从升入高二分科以后,她和赵洋还有王红雷都选择了文科,远离了抽象乏味如同天方夜谭般的理、化、生三门学科,姚晓云对自己在学习上似乎找到了一些自信,谈论起课本上的一些知识点也不至于再像以前那样如同云里雾里般茫然,原来从没有过的大学梦竟然也勾勒出一点点轮廓来。

刚进家门,她一眼就看见了父亲的自行车,这可是好久没有过的情况,而且父亲竟然还有时间陪着她和奶奶、母亲还有妹妹一起吃了晚饭。吃完饭后,奶奶又坐回了炕里头,妹妹晓雨趴在炕沿的灯光下开始做作业,姚晓云正准备帮母亲收拾碗筷的当儿,姚满财走到厦门口,扭过头来说:

"云云呀,把那些放下让你妈慢慢拾掇,你过来,爸想问问你这一段时间在书房学得怎么样。"

这显然只是一个借口。自从父亲去年接手管理轧花厂以后,基本上再没过问过她和妹妹的学习情况。妹妹自小聪明,这又考上了康杰中学,学习肯定是没说的。自己升入高中快一年半了,一直是这么平平庸庸,父亲心里应该是一清二楚的,多少年了都是如此,短短这么几个月能有多大变化?而且他今天破天荒地不去工厂专门待在家里就仅仅只是想了解一下她的学习情况吗?

家庭多年的窘况和由此而产生的一些突发情况让姚晓云一颗早熟的心也变得十分敏感,她忐忑不安地随着父亲来到父亲和母亲住的屋里。暗淡的灯光下,姚满财默默地点着了一根烟,沉思着该如何给女儿说这件事。姚晓云则静静地看着父亲,烟头明灭之间,她看见父亲眼角的皱纹更加细密了,两鬓的头发比上次见到时似乎又花白了好多。唉,论年龄,父亲也还不到50呢,和他同学的李老师看起来多精神呀!

三个多小时的谈话,基本上都是姚满财吧嗒吧嗒不停地在说,姚晓云则一句不吭。刚开始她是不明白咋回事不知道该说什么,后来她听明白了却无法说什么。姚满财从女儿沉默的态度中感受到了比原来想象中还要大的难度,他刹住了话把,叹了一口气说:"云云呀,爸知道今晚突然给你说这些事,你心里肯定没有一点准备,不急,你这一两天想一想再给爸回话都不迟。爸可能也是让你作难了,一来是厂里这事发生得太突然,二来爸也是为你着想,这么多年你在咱屋里就没有享过福,爸也是想让你能找个好人家……"

父亲后面再说啥,姚晓云是一句也没有听进去,她从来没有想过这些。这一年多来,她觉得自己生活得很快乐,来去学校的路上有赵洋和她谈心聊天,在学校里她也有几个谝得来的女伴。这段时间在学习上也感觉到挺有进步的,节假日在村里,因为春节期间的健美操表演,大街小巷的老老少少都对她刮目相看,啧啧称赞呢,连村委主任见了她都眉开眼笑的。可为什么会突然出现这么个事来,而且导致她成了扭转乾坤的主角?这个素昧平生的王伟在那么多的姑娘里面怎么就会独独看上了自己?不管他是吃国家粮的还是种地的,不管他长得俊还是丑,自己都不想认识他,也不想做他那富得流油家的媳妇。

姚晓云躺在被窝里,翻来覆去地一晚上都没睡着,不知不觉间,就听见隔壁秀莲婶家的公鸡在打鸣了。早上起来已经不见了父亲,母亲说天不亮父亲就骑车去厂里了。吃过午饭,姚晓云先帮妹妹收拾好东西,姚晓雨的一个初中女同学也在康杰中学上高中,她家就在离这有二里路的邻村,每次来去,晓雨总是和同学合骑同学家的自行车,轮换骑坐,所以每周日下午姚晓雨都要早早赶到同学家里,免得让人家等她。送走妹妹,姚晓云背上装馍馍咸菜的布袋,就开始往学校走。这一次她没有等赵洋,因为如果赵洋看见了她黑黑的眼圈,一定会问她怎么啦,到时候,她该怎么说呢?这事怎么能给他说得清呢?唉,也许拖上几天,说不定父亲会找到新的解决办法,那样就可以不用再为这些事烦心了!

姚满财这几天真的是度日如年。今天一大早,耿小芹骑着自行车来到厂里,在值班室一言不吭坐到现在,看着她微微凸起的小腹,姚满财如芒在背,扎得他坐立不宁。都是乡里乡亲,又在一起共同干了一年多活,相处也不错,可出了这么大的事情,你叫人家怎么办呢?

赔偿的金额虽然商定好了,可钱还不知道在哪里呢。这不医院又开始催医疗费了,厂里面的电费也到缴的时候了。这李旭林,真是肉死了,二十天的工夫都把广州那边的事情搞不定,这里一团乱糟糟的只能由他来处理。

姚满财从暖瓶里倒了一杯热水,小心地端放到耿小芹跟前,坐下来,以过来人的身份用关切的口气先问了问小芹的身体情况,接着拍着胸脯信誓旦旦地说两三天内一定把钱亲自送过去,最后他掏空自己的口袋,数了数,还有140多块钱。姚满财拿出50块钱装回口袋以备急用,把剩下的整齐地递给耿小芹,"小芹啊,你先把这些装上,你挺着大肚子跑一趟也不容易。一两天旭林把货款打回来了我就把钱给你送上门,绝对不教你来回跑了。"

耿小芹没有接他的钱,她从坐了足足有三个多小时的床上站起身来,胸脯起伏着,憋着气扭头看在一边,一字一顿地说:"满财叔,我知道你是个好人,我也是实在没有办法了。既然你这么说了,我就再等一两天,希望你说话算数!"说完掀开门帘就走了。

送走耿小芹,姚满财赶紧骑上自行车前往金井,见到王秉禄该怎么说呢?就说已经给家人和女儿都说过了,应该是没有问题的,只是这婚姻大事,让娃有一个适应的过程,毕竟娃还在上学,还是个学生……无论如何,这几天得把钱贷出来,实在是兵临城下、火烧眉毛了,这王秉禄也真是的,太过分了,厂里面贷款哪次不是按时给你结息,按期给你归还,你非要和姻缘之事牵扯到一块干吗?

"坐坐坐!哎呀,老姚呀,才几天我都有点想你了,你这么快过来,说明咱们的事应该办得很顺利。哈哈!"王秉禄又是倒水,又是让座,让姚满财受宠若惊,也更是忐忑不安。等他嗫嗫嚅嚅地说完事情,王秉禄往椅背上一靠,翘起了二郎腿,弹了一下烟灰说:"行,虽然是个小进展,但也是进展。你不知道,我这伟伟不争气得很,看着他那一帮伙计都是今个结婚明个订婚的,心神就不宁,三天两头缠着我要把这事尽快了了,搅得我都不能安心上班。这不快年终啦,一大堆事情还等着我去处理呢。这样吧,既然现在咱两家都没有什么问题了,咱们尽快抽个空,在一块吃顿饭,把娃的事情就定下来,咱女要是还想上学就继续上到高中毕业,这也不就是一年多的时间了嘛,伟伟最起码他就心稳啦。我嘛,也就能静下心来办咱这贷款的事啦,你是不知道,老姚,这个时候要办贷款太难了,越往后审批手续越麻烦。不过,咱们马上就是亲家了,你的事就是我的事,再难我都要想办法给办好!"

说着站起身,王秉禄打开办公桌边上的保险柜,从里面抽出一叠崭新的人民币,"啪"的一声拍在姚满财面前的桌上,"老姚,这1000块钱就算是咱两家儿女订婚的礼钱,你装上回去尽快把这个日子定下来,至于结婚彩礼,你们说了算,我王秉禄绝不回二话。你看这行吗?"

姚满财扫了一眼那叠钱,齐扎扎全是面额100元的大钞,这种100元面额的新钞票是今年4月份才开始发行的,看那整齐如刀裁的样子应该是刚开启封、连着号码的呢。

虽然口袋里多了1000块崭新的人民币,但姚满财的心情没有半点轻松却反而更加沉重了,这钱得赶紧给叶运平送过去,赔偿金马上到不了位,医疗费总不能让人家一直欠着。还有,今天必须得去解州中学,和女儿再谈谈这事,看来这王秉禄是铁了心啦,不见兔子不撒鹰哪!唉,闺女呀,这不就是个迟早的事嘛,爸也不愿意逼你,可现在实在是没法了。

姚满财赶到解州中学的时候,正是下午活动时间。姚晓云正准备外出,迎面碰上了站在校门口的父亲。一对上姚满财那充满焦虑和期待的目光,姚晓云就明白了父亲此行的目的。她慌乱地看了看四周,生怕父亲说起那事来让别的同学听到了,她拉着父亲穿过马路,走进对面的操场。此时的操场冷冷清清,只有风影不见人影,姚晓云站在南侧石阶边的榆树下,咬着嘴唇,眼睛直盯着平台上的那片麦地,寒风挟着枯叶掠过,冬眠着的麦苗却一动不动,这沉睡着的生命是属于春天的,只有温润的春雨才能把它唤醒。

姚满财蹲在冰冷的台阶上抽完了一根烟,他抖抖索索地在口袋里掏了半天,才发现掏出的烟盒里早已空空如也。他把皱巴巴的烟盒放在手心捏成一团,用力地摔在枯草堆里,站起身,狠了狠心,走到女儿跟前,突然一下子跪了下去。

姚晓云吃了一惊,她的眼泪霎的涌眶而出,她一把扯起父亲的胳膊,失声哭道:"爸,你这是干什么?你快起来,我……我听你的话,答应你还不行么?"姚满财伸手抱住女儿颤抖起伏的肩头,双眼一闭,任凭两行清泪在风中滚落。

为了无计可施的父亲,也为了这个在艰难中奋力求生的家,姚晓云违心地答应了这门亲事,但她和父亲约定好,只是先订婚,她还要继续上学。如果高中毕业考不上大学再说结婚的事,如果考上大学了,她还要上大学。姚满财心中像打翻了五味瓶，酸甜苦辣不知是何滋味，他不知道自己走的这一步是对还是错，他只能走一步看一步，毕竟，迫在眉睫的贷款之事算是有着落了。

等到李旭林从广州赶回来的时候，姚满财终于解决完了手头的麻烦事。从农行里总共贷了35000块钱，支付给叶运平的赔偿金和医疗费就花了26000，剩下的就作为厂里的流动资金了。这李旭林在广州待了这么一段时间，是大大地长了见识，回到运城当天晚上他就在厂里值班室的床上和姚满财躺聊了一个通宵，讲的都是他在广州的见闻。南方就是不一样啊，人家改革开放的力度大多啦，而且，海南岛要从广东划分出去单独成立一个海南省了。中央的大人物这段时间一直在那里做调查，搞座谈，指导那里的经济发展。政策活，市场就大，挣钱的路就更宽广了，今后厂里发展的方向应该向广州那边的形势靠拢。这次之所以在那里待的时间较长，主要是广州要举办第六届全国运动会，许多地方实行交通管制，找人呀，运货呀都不是很方便，但是听说为了迎接全运会，广州邮电局竟然开始开通无线通话，打电话不再需要到邮电局去了。临回运城的时候，他在大街上亲眼看见一个梳着大背头、头发乌黑油亮、一身笔挺西装的胖子，手里拿着一块砖头似的东西，对着那叽里哇啦地吼着,他听当地生意伙伴说那叫"大哥大",才刚刚时兴起来的,能随时随地打电话,做生意经常跑外地,有那个方便多了,但就是太贵了,听说要2万多,还要缴入网费呢……

  姚满财这一阵子确实累了,好几个晚上他整宿整宿都没睡着,李旭林一回来他就有种如释重负的感觉。他强打精神,迷迷糊糊地听李旭林讲述着,这外面的世界变化得是越来越快,也许只有像李旭林这样的年轻人才能适应得了,自己已是大大落伍了,而且他的心里也没有空间容纳外面这花花绿绿的世界,两个厂里还有许多大大小小的事务要等他来一一处理呢。

第一章

15

刚刚吃过晚饭,姚晓云正穿过教务处前面的小院准备去教室,一位同学叫住了她,说是校门口有人找。姚晓云走到校门口一看,不出她所料,正是王伟。

已经上了几年班的王伟和学校里的男生就是不一样,他上身穿一件今冬正流行的黄色呢子军装,下面是高达膝盖的黑皮长筒靴,也是如今正时兴的,加上一张大脸,如果不是骑着一辆大红色的弯梁嘉陵50,看见他的人还以为是日本军官从抗日电视剧里穿越出来了呢。

看见姚晓云,王伟从撑着的摩托车上跳下来,在屁股后面的裤布袋里摸出两张电影票,说:"云云,今天晚上我厂里的哥们儿送给我两张票,就是咱解州五一广场的剧院里,香港枪战大片《英雄本色》,周润发主演的。怎么样,咱俩晚上去看吧?"

"不行的,我们晚上还要上自习呢!"姚晓云紧张地看着四周,真是怕啥来啥,她知道王伟所在的冶炼厂就在去芮城的大路边上,所以这一阵子下午活动时间她都不敢再像以前那样去那片柿树林散步了,有时候赵洋问起,她就胡乱搪塞过去。她实在不想让同学们知道她都订婚了,尤其是赵洋,这段时间她都不敢正眼看他。

王伟上前几步,想拉住她的手,"那怕啥,找个理由请个假不就行啦? 一个晚上能耽误个啥?"姚晓云本能地躲了一下,"哪能行呢? 马上就要考试了!"她扭了一下头,隐约看见赵洋正从餐厅方向往这边走,她赶紧向后退了几步,慌乱地说:"确实不能请假的,要不以后再看其他时间吧! 我们马上要上课了,我得去教室了。抱歉!"说完,逃也似的转身跑回了教室。

姚晓云这段时间来的一些变化,虽然细微,但是赵洋依然能够明显地感觉到,只是姚晓云回答得遮遮掩掩,他也就不好意思再问得细致了。交往一年多来,赵洋觉得她应该还算是一个性格开朗的女孩,只是家庭的因素使她比同龄人早熟了好多。每个人的心中,都有一个仅属于自己的私密空间,它愿意对你开启,你便进去做客,它若对你紧闭,你就不要再执意造访了。

　　姚晓云的家庭情况,赵洋在和她无数次的交谈中也了解不少,也许是家中出现了什么事情让她有难言之隐吧?唉,以后只要再更多地关注她,相信自己一定会了解这其中的原委,如果自己能够帮助她解决一些难处,消除她的忧郁,那他肯定会不遗余力的。

　　又是一个星期六的下午,又到了周末放假的时候,赵洋跨上自行车,早早出了校门,在不远处一个僻静的角落停了下来,这个地方,正好能看到学校大门口的全部。赵洋之所以选择这个地方,是因为最近这几次他在铁路边上一直没有等见姚晓云,周日下午去学校时在她的村口也等不见她的人影,到了学校后问她,她却含糊其辞,说这段时间有些事,让他不用再等她了。赵洋不好意思刨根问底,心中却放不下这个疑团,是她不愿再麻烦自己了,还是另有隐情?又怕放学的同学们看见了多问,便隐身在这里,倚坐在自行车上,静静地等待姚晓云的出现。

　　姚晓云出现在校门口的时候的确比起往常要迟了好多,她提着馍馍布袋,走得很急,有些躲躲闪闪,却又不停东张西望。突然一辆红色摩托车从远处驰来,在她跟前来了一个180度的大掉头,紧急地刹住了,把她吓了一跳。

王伟把头盔罩子一掀,笑嘻嘻地说:"云云,怎么样,我的驾驶水平还可以吧?"

姚晓云皱起了眉头,生气地说:"谁让你来我们学校门口了?不是说好在初中那边的邮电局门口等我吗?"

"我就是在那里等了半天等不见你才过来的,你一次比一次出来得晚,我实在是等得着急了,所以才过来看你在干啥呢。"

"我想在教室里做会儿作业,还有其他的事情,时间就是不好把握。你上班忙事情多,就不用过来接送我了,我一个人能行的。"姚晓云说着,抬腿跨上摩托车,把馍馍布袋抓在怀里,说:"现在赶紧走吧!"

"坐好了!"王伟把油门一拧,摩托车吼叫着窜了出去,姚晓云惊叫一声,不由得抱住了王伟。摩托车载着两人向西驰去,在呼啸而过的那一瞬间,姚晓云蓦然看见了角落里一脸惊愕的赵洋……

周日下午,赵洋早早就出发了,路过姚晓云村口时,他习惯地在那里停了一会儿,然后一口气骑到了学校。教室里静静的,空无一人,赵洋坐在自己的位子上,面对着摊开的作业本,脑子里却乱乱的没有一点思路。预备铃响的时候,姚晓云都还没有来,同桌王红雷却进来了,他走到座位前,没有坐,低头对赵洋说:"赵洋,你出来一下,我给你说个事。"

两人走到教务处北面向阳院的报栏下,王红雷把自己昨天下午在邮电局门口看见姚晓云坐在一个小伙儿摩托车后面的事给赵洋说了,他气呼呼地一口气说完,却发现赵洋低着头只顾看脚下,竟然没有半点反应。

"哎,怎么回事嘛?"王红雷搡了赵洋一下,"别人不知道姚晓云和你的关系,我还不知道?你咋还这么从容镇定?"

赵洋深叹了一口气,旋转右脚尖,把一片树叶碾得粉碎,"我不是从容,也不镇定。我昨天也看到她了。好几个星期了,她都一直不对劲,问了她几次她都不好好说,不愿意说或者是不方便说。强扭的瓜不甜,何必为难人家呢?总会有水落石出的一天。"

上自习的铃声响了,两人小跑着回到教室,姚晓云的座位上仍然是空荡荡的,赵洋的心跟随着也空荡荡了一晚上,三节自习下来他都不知道自己干了些啥。第二天早上,姚晓云还是没有来,第三天,第四天,到了星期四的下午,赵洋一进教室,发现姚晓云的座位上已经空空如也,原来堆放的书本全部不见了。后来听班主任李老师说,是姚晓云的父亲中午过来把她的东西收拾走的。

姚晓云退学了!

那,还会有水落石出的一天吗?又是一个晴朗的冬日下午,解州水泥厂路西的柿树林边,赵洋背靠在那间破败小屋的墙上,看着夕阳一点一点地隐没在天际,任由西风一阵一阵清冷着他那乱糟糟如一团麻的脑海,那棵歪脖的老柿树根前的田埂上,那块平平整整的大石头还堆放在原地,他仍然清清楚楚地记得姚晓云坐在那块大石头上,右手托腮,凝视着远方,轻轻地唱:

在我童年的时候

妈妈留给我一首歌

没有忧伤　没有哀愁

唱起它心中充满欢乐

哎……

每当我唱起它

心中充满欢乐

啦……

姚晓云的嗓音如同她的性格一样,清清柔柔,极具唱歌的天赋，而这首歌又是80年代初期轰动一时的电影《小街》的主题歌，正是这首歌使电影中的主人公夏和俞产生了心照不宣的共鸣，也正是这两颗"心"的交流与共鸣，完成了夏对俞从兄弟的友爱到情窦初开的朦胧初恋的转变，歌词明明说"没有忧伤，没有哀愁，唱起它心中充满欢乐"，而实际上，听起来它却使人心中充满忧伤、充满哀愁。赵洋上初中的时候就看过这部影片，但当时懵懵懂懂，后来看了几遍才渐渐看懂。这首歌把美好的母爱、友爱和恋爱之情糅成一团，把对童年的、往昔的、欢乐时光的思念融于一体，加上作曲家准确地感受了整部影片悲剧性的情绪，把这首歌的旋律写得悲怆、深远，令人回味无穷。

姚晓云留着和影片中女主人公俞一样的短头发，她唱歌时的神态，像极了夏和俞采药归来途中，夏听了俞的不幸遭遇后，俞唱起这首歌时的样子。难忘而又苦涩的记忆，对美好生活的追求，让赵洋永远记住了影片中那个由演员张瑜饰演的容貌清秀、柔弱忧伤的女孩，也深深地羁绊上眼前这个同样眉目含愁、满腹心事的姑娘……

第二章

1

叶俊萍坐在运城火车站的候车室里,时不时看一下高悬在墙上的挂钟,太原开往西安的列车还有一个多小时才能到运城站,唉,这时间真难熬!

虽然只有两包简单的行李,但毕竟是第一次出远门,一个姑娘家,又是独身一人,叶俊萍心中还是充满了不安,但能有什么办法呢?该自己一个人走的路,再难都要坚持走下去。

叶运平从医院出来在家里已经待了将近两个月了,虽然抢救得很及时没有生命危险,但他的左前手臂及手掌被截去一半,成了个半残。他可是家里的顶梁柱呀!小芹已有孕在身,母亲也年事渐高,而妹妹还待字闺中,这个家没有了他,该怎么支撑下去呢?

比叶运平更煎熬的是妹妹叶俊萍,可以说如今她是家里唯一的年轻、健康,最有劳动力的人,哥哥倒下了,但这个家还要继续运转。首先哥哥结婚时欠下的账是不能耽误归还时间的,虽然厂里给了哥哥2万块钱的赔偿金,但那是用哥哥的一条胳膊换来的,哥哥以后的日子还有嫂子以及将要出生的孩子都要指望它呢,家里再难也不能动用这笔钱。可她一个小女子能有什么挣钱的门道呢?一没有体力二没有文化,尽管现在农村的政策已经很宽泛了,但她还是找不到适合自己的挣钱渠道。

前一阵子,一个从小玩大的伙伴从西安回来,建议她到西安去试试。西安是距离运城最近的大都市,找工作的机会应该比较多。伙伴就是和家人在一所大学的餐厅里承包了一个窗口,干了好几年了,累是累,但看样子也是挣下钱了。她说,她在那所大学里认识一个老教授,就是运城夏县人,孩子不在身边,老伴身体不好,想找一个保姆,是运城人更好,便于沟通,干净勤快就行,其他条件都没有啥。她给了叶俊萍一个地址,让俊萍和家人商量商量,如果愿意去,就按这个地址去找她。

叶俊萍想了一个晚上,保姆这工作她也听说过,就主要是家务活，做饭、打扫卫生、伺候老人小孩，只要主家不是很挑剔的人，她觉得自己还是能干得了的，这不需要技术、文凭，又不风吹日晒，很适合农村的女娃娃干的呀！至于家里的地，不行就全部种成小麦，播种收割都用机械，花点钱却省了劳力，你看这全家老老少少，病病残残，哪有强壮的劳力呢？好歹种些小麦有粮食吃就行了，交公粮也能有东西了。干保姆听说都是管吃管住的，一切都是纯落，工资应该够家里的日常开销了吧？只要嫂子不嫌弃哥哥，稳下心来过日子，只要母亲不再整夜整夜地抹眼泪、唉声叹气，她愿意独自撑起这个家，再难再累，她都无怨无悔。

第二天叶俊萍早早起来做好了早饭，在饭桌前，她向母亲、哥哥、嫂子吐露了自己的想法。母亲没有吭声，只是默默地吃饭，却半天手抖得夹不住一根菜，叶运平摇头不同意，说："你从来没有出过门，一个人跑那么远的地方怎么能让人放心？"同龄的嫂子耿小芹却赞成她的想法，说现在不同于以前了，只要是堂堂正正地下苦挣钱，没有哪一样活不可以尝试。职业没有什么贵贱之分，农民也不能光在土疙瘩里面刨钱，而且那种面朝黄土背朝天的力气活也不适合女娃干。出去走一走，长长见识也好。她拉起俊萍的手说："萍萍，我要不是怀孕了,我都想和你一起出去。不过你放心,我和咱妈、你哥会把家里照护好的。我知道你是想多挣些钱补贴家里,但在外面也不要太受委屈了,不行咱就回来,再想其他办法。现在只要肯下苦,在哪里都能挣下钱。"

既然挡是挡不住了,母亲吃过饭便早早给俊萍拾掇好了行李。临出门的时候,母亲却没有送她,耿小芹身体已开始笨重,又不便于提东西,叶俊萍便也不让她送了,只叫哥哥叶运平单手推着自行车,她把装衣物被褥的编织袋放到后座上,一只手扶着,一只手提着装洗漱用品的黄帆布包包。两个人出了家门,到村口去等开往运城的公共汽车。

到了村口,远远地看见公共汽车从公路西头开过来了,叶运平撑好自行车,从口袋里掏出50块钱塞给妹妹,"人家就是管吃管住,你身上也要装些钱,万一有个什么事了也可以应急。这马上就到过年时候了,如果在那里能待住,过年你肯定都不能回来了。出门在外,嘴放甜些,眼放活些,手脚麻利些,咱们虽然是从农村出来的,但也不能教他城里人小看了。"

叶俊萍点着头,噙着泪把哥哥给的50块钱装进棉衣的里层,提着行李登上公共汽车。车上的人不多,她找了个临窗的位子坐下来,看见叶运平还在怔怔地望着她,叶俊萍举起手轻轻地晃了晃,贴着玻璃冲着哥哥喊了一句:"照护好妈和嫂子,也照护好你自己!"眼泪霎时一下就涌了出来。

叶俊萍伙伴所说的大学——西北农业大学——并不在西安,而是在西安以西80多公里处,属于咸阳管辖的一个叫杨陵的小镇上。叶俊萍坐火车倒汽车到达西北农业大学校门口时天已经黑了,她把编织袋扛上肩头,一手提着布包包,向门卫打听餐厅的位置,虽然运城距离这里并不是很远,但方言还是有所差异的,她又不会说普通话,没办法,把伙伴写的纸条拿了出来,纸条上的字尽管不很整齐,但还是好辨认。叶俊萍谨记临走时哥哥嘱咐的"出门三辈小","大爷大爷"恭恭敬敬地叫着,门卫老汉看来也是当地村里的人,挺热心的,带着叶俊萍往校园里面走了十几米,给她指清了道路。

到底是大学,校园挺大,虽说是建在镇上,但楼房高、街道宽,就像城市一样。叶俊萍找到餐厅的时候,正赶上学生吃晚饭。她还是早上吃的饭,在火车上也没舍得买吃的,又不敢喝水,怕上厕所时行李没人看,现在是又饥又渴又累,却又肚子憋得难受,但此时正是就餐时间,伙伴肯定正忙,现在进去找人家必定会带来不便。

于是叶俊萍就把行李放在餐厅门口的花池上，看着来来往往的学生又支撑了一个多小时。这些学生们看起来比自己小不了多少，穿戴得都比自己洋气，有的脚步匆匆忙忙，进餐厅还拿着书本，有的嘻嘻哈哈地打闹着、谈论着，还有好几对男生女生牵着手，神态甚是亲密，一个个健康活泼的身影都是叶俊萍从没有见过的意气风发。虽然正值严冬穿着厚厚的棉衣，但他们朝气横溢，青春四射，这就是传说中的"象牙塔"吗？这就是她曾经羡慕过的"天之骄子"吗？

等到学生散尽餐厅窗口收摊，已是7点近半，叶俊萍找见伙伴，赶紧先让她带着上了趟厕所，然后和伙伴摊位的员工一起把卖剩下的饭菜收拾到一起，又新添一些，就把晚饭打发了。伙伴经营着两个窗口，既对教职工也对学生，价格稍微贵些，但卖的都是运城有特色的小吃，像饺子、羊肉泡、臊子面之类，西安和运城虽然分属两省，但山河表里，饮食习惯还是有许多共同之处，所以生意还算可以。大大小小的员工近10个，租住在附近的农民家里，住处也是挺紧张的，因此，伙伴找来一辆自行车，把编织袋放在后座上，两人现在就去教工宿舍楼，去找那位老教授。

老教授姓孙，就住在一楼。叶俊萍和伙伴进他家的时候,他正在做饭。看来他是刚到家不久,家里都还有些凌乱。叶俊萍放下手中的东西,向孙教授简单问了一下他和老伴的口味,便让伙伴陪孙教授说话,自己在厨房操作起来。做饭这种家常事,叶俊萍可以说是轻车熟路,但这毕竟是第一次给外人做饭,且又是自己的雇主,她自然不敢掉以轻心。做好饭后,叶俊萍又帮着孙教授把他的老伴从卧室搀扶出来,在餐桌前坐下。孙教授的老伴属于偏瘫,也就是半身不遂,加上常卧不动,身体偏胖,孙教授一个人搀扶她都有些困难。趁着孙教授和老伴吃饭的空当,叶俊萍迅速把客厅和厨房简单整理了一下,吃完饭后,又和孙教授一起把他老伴搀扶回卧室安顿好,这才开始收拾自己要住的屋子。孙教授家三室两厅,较小的那间做了书房,夫妻俩住在主卧,剩下的那间就让叶俊萍住。里面床褥都有,叶俊萍稍微收拾了一下,把自己带的被褥铺在上面,厚厚软软的,房间暖气也烧得可以,叶俊萍觉得挺温馨,看看时间也不早了,就让伙伴赶紧回了。送走伙伴返回来,孙教授坐在客厅椅子上,自己弄了盆热水正在泡脚,看见她说:"今天没啥事了,你跑了一天路,肯定也累,去厨房倒点热水也泡泡脚,早点休息吧,明天咱们再细说。"叶俊萍说:"我先给阿姨洗一下脚吧,经常按摩对阿姨的病应该有好处。"孙教授"啊"地愣了一下,显然有些意外,但他很快轻轻地点了点头。

不知是因为孙教授家里温度高,还是新到了一个地方马上不习惯,尽管很累,但一晚上叶俊萍翻来覆去都没睡好。头遍鸡叫的时候,她才迷迷糊糊地睡着了,睁开眼时,蓦地发现外面已经蒙蒙亮了。叶俊萍一骨碌翻身起来,开了房门一看,孙教授已经在客厅里坐着了,见她出来,微微笑道:"第一晚上还睡不习惯吧?没事,你洗漱一下,我都买下了油条豆浆,你吃一些。你阿姨我都照护过了,你也不用太着急,不过以后就要指望你了。"

叶俊萍脸红红的,慌乱地说:"是我粗心,一睁眼就天亮了。明天我会早起的,您……你也就不用出去买饭了,我起来熬些小米粥,冬天天冷,喝些小米粥暖胃健脾,对身体好。"伙伴给她说过,城里人见了长辈都称呼"您",但叶俊萍马上还是改不过来,她觉得别别扭扭的,还是说"你"比较顺口一些,只要心怀尊敬还不行么?

"好啊好啊,看来你还懂得养生之道呢。年轻人嘛,都爱睡懒觉的,我儿子比你也大不了多少,以前也经常赖被窝,不过现在他一个人在国外就得自己照顾自己了。我是整天瞎忙,难得有时间熬个粥喝。有你了就好,我和你阿姨在吃饭上都不是很挑拣,你擅长做什么就做什么,他们这里的饮食习惯和咱们运城差不多。今天我正好早上不忙,就给你说一说咱们这个家的情况,你也好有些心理准备。"

孙教授是运城夏县裴介镇人,裴介传说是春秋时期晋国名臣介之推的故乡。孙教授很小就离家在外求学、工作,在西北农大教书育人也有20多年了,只有一个儿子还远在美国的得克萨斯A&M大学留学,好几年都没有回来过。前年老伴中风偏瘫了,为了孩子的前程,老两口硬是没告诉儿子。平时就由孙教授来照护老伴,但是去年孙教授承担了学校里的一个科研项目,工作就忙起来了,实在没办法才想要找个人照护老伴,料理家务。

孙教授说:"基本上就是这么个情况。照护你阿姨是最主要的工作。生病了,出行不便,又没人能经常和她聊聊天,有时候心情会不好,难免发点脾气,这个希望你能多担待。虽然咱们才见面,但我能看出你是一个实在娃,伶俐、勤快,我很满意。在这里不要拘束,有啥要求你就只管说,工资嘛,每月100块钱你看行吗?只要你安心在这里好好干,工资都是可以商量的。你说呢?"

100块钱?叶俊萍心里暗暗吃了一惊,她知道,嫂子耿小芹以前在轧花厂和榨油厂帮厨时,和大师傅两个人顿顿要伺候二十来号人吃饭,一天工资也不过2块钱。看来这个雇主确实是个厚道人家,她赶紧说:"能行的啦,村里有好多像我这样的女娃下的苦大都还挣不了这么多呢。只是我是第一次干保姆,好多事情可能做得不够好,伯伯你就勤嚷着。"

孙教授"呵呵"笑了,"没事没事,人嘛,干什么都有第一次,尤其年轻人,学啥都快。我觉得咱运城人呀,还是比较聪明的,河东大地,自古就人才辈出,物华天宝,人杰地灵呀……"

也许是好多年没回故土动了思乡之情,也许是来了个家乡的小保姆一下子减轻了心头负担,孙教授拉开了话匣子,兴致勃勃地聊起运城来。

孙教授对叶俊萍所在的龙居镇不太熟悉,毕竟他阔别运城已是多年。叶俊萍对孙教授的老家裴介镇更是相当陌生,她连去运城市区的次数都不多,更别说夏县了,但是叶俊萍一提起村南的姚暹渠,孙教授立马就两眼放光,焕发出异样的神采。

"我的老家就是在姚暹渠的源头白沙河边上,姚暹渠那可是一条古老的运河,也是一条伟大的运河呀!姚暹渠呀,本来叫永丰渠,南北朝时期就已经修建成了,主要是运输咱们运城的池盐,后来有些荒废了。到了隋朝,都水监姚暹带领百姓对它进行了大规模的整修,所以就改名叫姚暹渠。消侵池坏盐之患,收行舟灌田之利,造福河东千余年哪！记忆里面它渠水清澈,两岸草树成林,小时候在它里面还抓过鱼呢,唉,这么多年了,也不知道姚暹渠现在是个啥样子了……"

孙教授说的有关姚暹渠的历史叶俊萍一点都不知道,她记忆里的姚暹渠就是一条古老的大水沟,高大、绵长、草树蔓生、荒芜颓废,冬春时节常常干涸见底,夏季偶尔会积些浅水,绿草茵茵的渠底碧波荡漾,往往会吸引一些小孩子玩水嬉戏,放羊人也会把羊群赶过去,让羊儿尽情在堤坡上撒欢,吃青草、吃树叶,跑到渠底饮水,放羊人这时候就会找片比较平整的荫凉地,躺下来小憩一会儿,或是找块凸起的地方坐下来,美美地装上几袋旱烟,悠悠地吐着烟圈,听着知了没完没了地嘶鸣,看着鸟儿时有时无地斜掠,那神态,简直比羊儿还惬意。

但给叶俊萍留下深刻印象的并不是这些,和大多数同龄人一样,姚暹渠最让叶俊萍难忘的仍然是那一颗颗如玛瑙般饱满透亮、红润酸甜的酸枣。还是很小的时候,有一次她非常想吃酸枣,哥哥叶运平没给大人说,便偷偷带着她去姚暹渠上采摘。他俩边吃边摘,正玩得高兴时,突然变天了,来了一场暴风骤雨,她和哥哥后来虽然躲进了渠边一个生产队的机井房里，但还是被淋了个落汤鸡。更糟糕的是，在等待雨停的过程中，她着凉感冒了，冷得打哆嗦，身上却发烫。当兄妹两人浑身湿漉漉地回到家时，母亲站在大门口早已心急如焚、望眼欲穿了。那次母亲狠狠地把哥哥打了一顿，叶俊萍从来没见过母亲那样生气，后来长大了才渐渐体会出母亲当时的心情。小孩子去姚遑渠摘酸枣本来就是件危险的事情，又偏巧碰上那么大的暴雨。最主要的是，一贯体弱的她着凉感冒了，母亲肯定又生气又心疼，舍不得打她，便把火气发到了哥哥身上。父亲的早逝，让无助的母亲在她和哥哥身上寄托了太多的希望，也操了太多的心，他俩千万不敢有半点闪失呀！哥哥结婚了，嫂子能干也贤惠，母亲天天脸上像开了花，只等着抱孙子了，谁能想到会突然出现这么一个劫难。母亲心里难受像死过去一样，失魂落魄的，本来已花的头发又白了好多，仿佛一下子老了十几岁。

尽管是两个不同时代的记忆，但一条姚遑渠还是让叶俊萍和孙教授对彼此的感觉亲近了不少。到了第三天晚上，叶俊萍基本上熟悉了这个新环境，记住了孙教授及其老伴的一些生活习惯，搞清了菜市场和日常用品商店的位置。她给自己制定了一份工作时间安排和针对孙教授老伴的康复计划。她刚辍学在家的时候,跟着龙居镇上的一位老中医学过针灸按摩,以前在母亲身上也实验过。老中医对她讲过,按摩需要一定的技巧和手法,但最关键的是要有恒心和耐心,日久才能见效果。她从书房取来笔和纸,把安排和计划认认真真地分写在两张纸上,用糨糊粘在房门背后,粘上之后,时间尚早,孙教授还没有回来,阿姨已经在她按摩之后休息了,叶俊萍坐在自己的房间里,便开始给家里写信,她告诉母亲、哥哥还有嫂子,这家雇主人挺好,很和气,自己在这里也一切都好,让他们不要担心自己……

第二章

2

冬季再漫长,终会有春暖花开的一天。1988年的春节来得比往年要迟一些,戊辰年正月初一已经是2月17日,两天以后就进入了雨水节气,气温回升,冰雪融化,降水增多,草木萌动,鸿雁南来,气象意义上的春天真正地来到了。

叶俊萍没有回家,就在西北农业大学的校园里过的年,因为是才刚来不久,更因为孙教授春节期间也要加班,她便给家里写信说不回去了,把孙教授预付的200块钱工资连信一块儿寄回了家里。凑巧的是,伙伴寒假也没有回家,因为有一部分学生需要留校复习参加研究生考试,餐厅便要求保留几个窗口让学生可以用餐。于是,风和日丽的午后,叶俊萍就把阿姨搀扶上轮椅,推到餐厅前面的花带边,一边给阿姨按摩,一边和伙伴聊天,间或扶阿姨站起,搀着她慢慢挪动挪动,一天的时光不知不觉中就打发过去了。

但是对于远在运城的姚晓云来说,这几天的确是度日如年。刚刚过了初五,王秉禄就托付媒人上门来和姚满财商定结婚的日期,而且是两个媒人,其中一个就是村委主任杨康来。彩礼没等姚满财提及,杨康来开口就是八千八,而且还不包括彩电、摩托、首饰等等。彩礼金额的这个高度绝对是没啥可说的,杨康来的脸面也是没法驳的,姚满财的心里却不知该是欢喜还是忧愁。他硬撑着笑脸,说是和老母亲、老婆还有孩子商量商量,现在是改革开放新时代了,家长也不能再搞大包大揽了,主要还是要征求征求孩子的意见,商量好了立马给他们回话,好说歹说才把两人送走。

虽然年前见面、订婚的事都还办得比较顺利,但姚满财明显能感觉出来女儿心中的不愿意。王伟这娃姚满财也见过几次,虽然长相上配不上自己的女儿,但人还算机灵,挺会说话办事的,人家又有正式工作,家境好,还是独生子。云云呢,现在不想上学了,在家里也没个正经事干,轧花厂和榨油厂的活又脏又累,哪适合她干？在灶房帮厨跟锅碗瓢盆打交道能有什么出息？还不如早早结婚,成了他王家的儿媳妇,就能让王秉禄托托关系给找个轻松体面的工作来干了。

作为过来人,姚满财隐隐觉得女儿对这门婚事不情愿的因素里面,除了王伟的长相之外,还有一个可能就是她有了自己喜欢的对象了。唉,这一年多来真是太忙了,连回家的次数都寥寥可数,和老同学李茂林见面的机会就更是没有,女儿在学校的情况又怎么能够知道呢？问了老母亲,问了老婆,甚至还拐弯抹角地问了小女儿姚晓雨,终于问出了这个家在姚暹渠以北的男生赵洋,就那么大的村子,就2000多号人,再打听打听,原来他就是在自己厂里上班的赵海的弟弟。

姚满财进到厦里头的时候,姚晓云一个人正怔怔地坐在靠窗户的炕边,目光透过玻璃,投向遥不可知的远方。去年的春节她是那样的开心快乐,为什么今年,却要让她承受这前所未有的痛苦和煎熬呢？父亲的进来她似乎并未察觉,一动都没动。

姚满财找了个地方坐下来,等了一会,见女儿还是没有一点反应,便咳了一声,慢慢说道："赵洋这娃倒是个好娃,可是人家还在上学,听说学得还不错,将来人家考上大学能走多远没有人能知道。要是考不上学校,他家里的情况我也了解,他哥叫赵海,就在厂里面上班,这结婚才一年多点,全家都还住在一个院,像这样他家条件能好到哪块去？将来即使嫁过去还不得几年受苦受累？"

"你怎么知道赵洋？"姚晓云睁大眼睛,扭过头吃惊地看着父亲,"你问我班主任了,还是问我妈和我奶了？"

"哎,你不要管我是怎么知道的。云云,你听爸说,爸也是为你着想,想让你找个殷实人家,过个好日子。你们这个年龄有些想法都还不切实际,居家过日子,什么长相啦,文化水平啦,其实都不重要,柴米油盐的事情,说到底还是要靠钱来解决的。"

"爸,你说的这些我都懂。"姚晓云低下头,咬着嘴唇,幽幽说道,"赵洋就是我同学,我俩从来没有谈过这方面的事情。一个人的好坏跟他家庭有什么关系？他又不能决定他的出身和家境。人家帮过咱家干过许多活,帮过我好多忙,也帮助过小雨,人家确实挺好的！"

"我知道,我知道！"姚满财一个劲地点着头,"我就说过,这娃绝对是个好娃,只是跟咱们没有缘分。人家对咱们的好处,咱一定要记在心里,等你结婚的时候,通知赵洋过来,咱不要让人家填礼,就专门叫人家过来吃饭,还还人情。都是同学朋友嘛,将来都还可能要来往的,谁也不要欠谁,坦坦荡荡,问心无愧。"

"我要是问心有愧呢?"姚晓云忽地一下站起身来,眼泪不争气地喷涌而出,她捂住脸跑了出去。

巷道里没有什么人,要不准会被她吓得一跳。姚晓云心烦意乱地狂奔了一阵,停下脚步看时,姚遥渠竟已在眼前。

毕竟是雨水节气了,灰黄色的堤坡上已隐隐渗出片片的嫩绿,路边的荒草堆里,一朵小黄花刚刚冒了出来,在微风中怯怯地探头张望。姚晓云呆立许久,凉风吹过,让她头脑清爽了好些。她慢慢蹲下身子,捡了些枯草小心地围护在小黄花的身边,以防它会被意外伤害。当绿遍大地、万紫千红的时候,还会有人记得一朵小花对春天的向往吗?

不辞而别到现在,姚晓云不知道自己是如何挨过这漫长的两个月的,她不知道自己该如何去跟赵洋解释,苦无良策才选择了退学。但她还是舍不得那段充盈着快乐的时光,她太想知道这一段日子赵洋过得咋样,周六和周日他还会不会一如从前地从自己的村边骑过,在村口作短暂的驻足停留呢?可是,她又不敢去村口探望,她想见他却又怕看到他,她无法忘记他那一脸惊愕的神情,他那绝望的目光会在顷刻间将她杀死。

第二章

3

也许是第六感官的作用,跨出班主任房间的那一刻,赵洋的心里突然有股异样的感觉。今天是周六,但他和王红雷都没有回家,高二了,距离高考也没有太多的时间了,以前落下的知识该补一补了,反正回到家也没有什么活要干。他和王红雷正在教室里做作业,见班主任李茂林老师的教案遗忘在讲桌上,便收拾起来给他送回房间。班主任的宿舍在教务处西边教工宿舍的最后一排,有里外两间,外间是班主任的办公室兼卧室,里间是杂物室兼女儿的卧室。赵洋进去的时候,班主任正好不在,里间有说话声,可能是班主任的女儿李百灵和她同学。赵洋把教案放到办公桌上,向里间瞟了一眼,打了声招呼,然后转身就走。

就是那一瞬间,赵洋的脑海里一下子闪过好多人影,刚才眼睛余光瞥见李百灵的同学侧面,让他既感到熟悉又有些陌生,隐隐觉得像一个人,却又想不起会是谁。就在他走出班主任宿舍继续前行时,背后传来一声轻呼:"哎,哥!"

他的心颤抖了一下,却看见几个高三男生迎面走过,谁会这样叫自己呀,应该是和这些男生打招呼吧?赵洋继续往前走。

"等一下,赵洋哥!"

确定是在叫自己了,赵洋停下脚步回过头,一个亭亭玉立的女生站在自己面前。

"我是小雨,你还记得我吗?"

哦,就说为啥感觉熟悉却又陌生,原来如此!许久不见的姚晓雨出落得更加漂亮了,现在家里的经济条件毕竟比前几年好多了,她再也不用穿姐姐剩下的衣服了,一身合体的衣裤,一双白色的运动鞋,配上一束长长的马尾巴,显得俊美清丽,惹得过往的那几个男生直看她。

赵洋点了点头,沉默了半会儿,终于说道:"你……姐,她还好吧?"

姚晓雨直盯着赵洋看,她认真地点了一下头,似乎在确定一件事情,她说:"我替姐姐谢谢你的问候。姐姐她……还可以吧!"

两人正说着,李百灵拿着一个本本跑了出来,看到两人,惊讶地说:"呀,你俩认识?"

姚晓雨说:"是呀,我姐在这里上过学呢,我们两个村子离得不远,只隔一个姚暹渠。"

"哦,老乡呀!那你俩好好聊。晓雨,我到教室找王红雷问一下刚才那几道题,回来再给你讲。再见,赵师兄,嘻嘻!"李百灵冲他们一摆手,跑了。

原来姚晓雨和李百灵在康杰中学都还学得可以,两人计划在高二结束时就参加高考,所以开过年后她俩就抓紧时间开始学习高二和高三的课程,数学是门大科,也是难科,李茂林正好是数学老师,好多星期天姚晓雨就随李百灵回到解州中学来补课。

姚晓雨朝李百灵扬了一下手,送她远去,目光又落回在赵洋身上,她轻轻说道:"你现在有空吗?我想在你们的校园和操场上走一走,看看姐姐就读过的解州中学,你能带我去吗?我正好有些关于姐姐的事情想告诉你。"

满地落红,留不住春去的脚步;一夜细雨,梦醒处只见绿叶满树。生命里所有的日子啊,只要一旦确定,无论远近,它迟早都要到来,谁也挡不住。

淅淅沥沥的小雨洒了一夜,早晨睁开眼,满目灿烂的阳光,果然是一个好日子!

赵洋的心却布满了阴云,沉沉地压抑着他。今天是"五一"劳动节,也是周日,他放假在家,但他既不想干活,也不想休息,吃过早饭,就悄悄地走出了家门,顺着思绪,一路向南,径直登上了姚暹渠。

五月的姚暹渠,花香鸟语,树绿草碧,雨后的清晨空气又是清新无比,赵洋却是充耳不闻、惘然无睹。他斜靠在一棵粗实的洋槐树身上,目光直盯着不远处的大路,他知道,再过几个小时,这里将迎来让他心碎的一幕。

良辰美景奈何天,赏心乐事谁家院?

其实,此刻洋溢着欢乐喜庆的院子距他并不远,院子里,姚晓雨正忙得不可开交。她今天没有去解州中学补课,好友李百灵和她的父亲李茂林都在这里呢。这个静寂多年的农家小院人声鼎沸,锣鼓震天,正呈现着前所未有的繁华和喧闹。

姚家的大女儿姚晓云今日要嫁人了!

姚满财今天拾掇得很精神,脸上的一道道皱纹都绽放着笑容,头发专门染了一下,黑得有些过头,上身穿一件灰色夹克,下面是一条蓝色涤卡裤,特意买的皮鞋崭新锃亮。老母亲和老婆把过年时才穿的外罩又套上了,老母亲也很兴奋,坐在炕上,每见一个人不管认识不认识,都是不停地问:"还没有吃饭吧?赶紧去坐席。"

村委主任杨康来主动来当总理事,这让姚满财脸上更是光彩四溢,当然他也知道这主要是因为亲家王秉禄的脸面,但他姚满财也今非昔比了,虽然还没挣下多少钱,但也算个"乡镇企业家"了。李旭林门路广,过事所需要的东西早提前给他联系好了,从昨天开始就带着几个朋友过来跑前忙后,前邻后舍也过来不少,搬桌凳、搭帐篷、盘炉生火、择葱剥蒜。在农村,一家过事,几条巷里的人都要忙活,来帮忙的人越多,说明人缘越好。也有些偷奸耍滑,光吃席不干活,这要总理事来管的,主家是不能说的,但也有人笑说这事:人家来吃席,也能说明主家请的厨师水平高,也是长主家的脸面。

王家的迎亲队伍更是气势庞大,四辆后座插着彩旗的清一色摩托车在前面开道,一辆双排小货车载着爆竹和点炮的年轻人,后面又是一辆大卡车拉满了唢呐锣鼓、洋鼓洋号两帮乐人,紧接着五辆小轿车,婚车是充满喜气的红色,其余四辆都是齐刷刷的黑色,最后是一辆大客车。还没进村,先是二踢脚(双响炮)十八响直冲云天,接着5000响鞭炮8卷连放,随后两帮乐人齐声开奏。一时间,霹雳乍惊,硝烟弥漫,彩旗飘扬,车轮滚滚。这气派,这场面,周边十里八村谁曾见过?巷里登时挤满了看热闹的男女老少,站在后面的都还踮着脚,伸着脖子,大家伙七嘴八舌,啧啧唖唖,议论纷纷,羡慕嫉妒恨,应有尽有。

本地的结婚习俗——迎亲队伍到达女方家后,女方先设宴开席进行款待,然后新郎手捧鲜花才能去闺房见新娘。王伟今天的确是满心欢喜、眉开眼笑,摩丝喷得头发乌黑闪亮,确实展现出帅气来了,但一身黑西装却衬得他更加膘肥肉圆。他双手捧着一束包装精致的玫瑰花,在一群小伙子的簇拥下来到姚晓云所在的房门口。

按照常理,这时候,新娘的女伴们会把门开条缝来讨要红包,拿到满意的红包才会让新郎进入闺房。王伟早就准备好了红包只等她们开口了,但奇怪的是,房门一直紧闭,也没人出来向他讨要红包。他等得着急了,便示意伴郎敲门,里面有人应声说等一会儿,新娘子还没有收拾好,如此三番,近半个小时过去了,房门仍没有要开的意思。伴郎忙不迭地去找总理事杨康来,杨康来也莫名其妙，又找来姚满财，姚满财沉思了片刻，从人群中把小女儿姚晓雨找了过来。

运城当地的结婚讲究，伴娘都必须是结过婚的年轻女子，意思是有经验，可以应对一些刁难的场合，也熟悉流程，能照护好新娘。但是姚晓云还不满17周岁，刚从学校退学回家，根本没有结过婚的要好女伴，还是李茂林建议让姚晓雨来做伴娘。他说："在国外和中国的好多地方，都是挑选未婚女子来做伴娘的，未婚女子青春、纯洁，还没有被世俗所浸染，会给一对新人带来好运。再说伴娘就是要选择和自己最亲密的人，妹妹从小跟着姐姐长大，了解她的习惯，熟悉她的喜好，在人生最重要的时刻帮助姐姐，应该是最好不过的了。"

在农村，这可是件标新立异的事情，但如今的农村不再是60或70年代甚至80年代初的农村了，改革开放的理念已渗遍每一个角角落落，日新月异的潮流不断颠覆着老百姓的传统观念，况且一时间也想不出更好的办法来，姚满财也就默认了。他对李茂林、李旭林兄弟两个还是比较信服的，人家一个有文化、一个有闯劲，言行必定是有道理的。姚晓雨也一口应承了下来，她觉得，姐姐现在最需要自己。

昨天晚上，姚晓雨陪着姐姐整整一个通宵都没睡。

自从结婚日子确定下来后,姚满财抽空把他和老婆卧室隔壁的那间房粉刷了一下,作为女儿出嫁的闺房。前一晌天冷气温没有升上来的时候,姚晓云还是随着奶奶住,过了清明暖和了才搬了进去,碰上放星期在家,姚晓雨便跟着姐姐一块儿睡。

姐妹两个十几年了,一起吃饭、睡觉、上学、下地,一个被窝两头睡,一份好吃的分着吃,亲密无间、形影不离。虽然随着渐渐长大,虽然由于求学,姐妹俩开始聚少离多,但姐姐的心事姚晓雨仍然知之甚多,冰雪聪明又少年老成的她有一双善于观察的眼睛,像X射线一样能穿透每一个人的内心。

姐姐对于赵洋的心思,姚晓雨心里很清楚,而赵洋对姐姐呢,凭借那天下午在解州中学的了解,她心中也有了些底,但是,即便如此,谁又能改变眼前的现实呢?那天晚上回到家,在姐妹两个私密的闺房里,姚晓雨给姐姐说了她在解中校园见到赵洋并且给他说了婚期已定的事,姚晓云半天没有吭声,许久,她轻轻地问:"那,他说什么了?"

说什么了呢?姚晓雨脑海中闪过那一刻赵洋神色黯淡却又强装欢颜说着祝福话语的样子,他肯定是言不由衷的,她叹了一口气,说:"他啥都没说!"

是呀,他又能说啥呢?姚晓云相信赵洋是真心喜欢自己的,就像自己是真心喜欢他一样。可是,现在的他们,谁都没有能力冲破命运的桎梏,自己又能期望他说些啥呢?只是,姚晓云还有一个小小的心愿,就是期望在走出这个家门之前能够再见赵洋一面。也许场面是有些尴尬,但毕竟当初是不辞而别,毕竟嫁人之后要想再见一面恐怕再无机缘,所以,姚晓云一直在等待,直到王伟持花敲门的这一刻。明知道希望已经破灭,但姚晓云仍是不死心地坚守着,拖一阵算一阵,反正到来的并不是自己想要的幸福。

姚晓雨让好友李百灵在房间里照护陪伴姐姐,自己却守候在大门外,主要就是张望赵洋是否会突然出现。虽然她心里一点把握都没有,但她还是愿意用百分之百的努力去争取这百分之一的奇迹。当父亲找人叫她的时候,她知道这个奇迹不会出现了,她分开围在房门前的人群,喊叫李百灵打开了房门。

上马的乐声已经奏响,王伟走在前面,喜笑颜开,姚晓云低着眉眼跟在后面,头饰和发髻遮挡着,看不清她的神情。王伟原本在伙伴的撺掇下要抱着姚晓云出门,但姚晓雨拦住了他,她说姐姐昨晚有点着凉,肚子不舒服,还是走着好些。

姚晓雨和李百灵一左一右照护着姚晓云,出门到了婚车跟前,伴郎安排王伟坐在副驾驶座后面,自己和司机并排坐,姚晓雨让姐姐坐到司机后面,自己和李百灵则坐到了第二辆车上。

出了村,乐队就停止了演奏,喜炮也渐渐声稀了,姚晓雨抬头看时,姚遥渠已近在眼前了。道路两旁的垂柳枝条摇曳,白毛杨绿叶舒展,就连姚遥渠上的榆树、洋槐也都在随风而动,她轻轻地摇下车窗,让清新的空气扑面而入,眼睛却仍在不停地搜索着。

就在婚车驶上姚遥渠顶的那一刻,突然传出一声震耳的炮响,是那种二踢脚的声音,姚晓雨头伸出车窗外看时,那炮仗从树林中斜掠而出,系着一团白乎乎的东西,带着哨音,在前方上空炸响,那白乎乎的东西登时四下飞散,随风而舞,宛如片片雪花一般向车队徐徐飘来,仔细看,竟然是漫天的杨花。

"赵洋!……"姚晓雨一下子明白了,她在心里禁不住叫出了声,一贯坚强的她禁不住眼泪夺眶而出,姐姐,你看到了吗?赵洋,他来了,他就守候在这里等着你呢!

杨柳青青着地垂,杨花漫漫搅天飞。君看漫天杨花雪,应知谁是散花人!

第二章

4

春暖花开的日子里,叶俊萍便常常推着轮椅,和阿姨在大学的校园里转悠,偶尔也出了校门,来到杨陵的大街上转转。随着天气慢慢地转热,小草更绿了,树叶更密了,鸟儿也更多了,两人活动的范围也就更宽广了。

杨陵镇是杨陵区的中心,最早是因为隋文帝杨坚和他的皇后独孤伽罗的安寝地泰陵坐落于此而得名。这里曾经出过后稷、马超、李世民等历史名人,也算是块历史悠久的风水宝地了。

当然这些都是阿姨告诉她的,阿姨原是一所中学的老师,才刚刚退休,本来终于拥有了自己可以自由支配的宽裕时间,却碰上了这烦人的病,动都动不成,再有劲也使不出来,整天闷在家里,孙教授又不常在家,连个说话的人都没有,这让一贯要强的她哪里能忍受得了,难免要使使性子,发些牢骚。不过叶俊萍的到来终于使她冲出了家庭樊笼的困扰,得以重返自然,而且还有重返讲台的感觉。叶俊萍乖巧、好学,阿姨给她讲啥都能认真地听,并且还不时地问阿姨问题,和她讨论,让阿姨直后悔没早在退休前遇见。她相信自己是一定能把这酷爱学习的女娃培养成一个大学生的。

叶俊萍呢,虽然她只是小学毕业,但那是因为母亲独身一人实在供不起她和哥哥一起上学,无奈才退学的。在龙居镇学习针灸按摩期间,她深深地感受到了技术的重要性,多少大医院都看不好的病,吃了多少药都不见效果的病,针灸按摩竟可以使它有所好转。就连具有高级职称的知识分子孙教授夫人,也对她这小学毕业生的针灸按摩技术称赞有加呀。在她的精心护理和不懈努力下,近来阿姨明显觉得身体舒服了好多,以前僵直如棍总不听指挥的胳膊、腿似乎也有些感觉了,每次练习走路的步数越来越多了,阿姨心情一天天好了,叶俊萍自己也颇有成就感。

有一次和伙伴聊天,伙伴告诉叶俊萍说,出了校门往右拐直走1000米左右,有一家饼子铺,运城人开的,饼子种类挺多。其中有一种叫做"牛曲连",吃起来又香又酥,还能健胃,对老年人有好处,建议她带着阿姨过去看看。叶俊萍知道阿姨是北京人,虽然跟着孙教授没有回过几次运城,但是对运城的地方小吃还是挺馋的。女人嘛,爱吃也是一种天性,不分老少。何况,这"牛曲连"不仅味美,还能健胃消食,当然有必要过去尝尝了。

每天凌晨4点正,昝国良准时起床,洗漱,查看昨晚和好的面发酵的情况,整理店铺,开炉点火,拭净案板,摆放好各种调料,就开始了一天的忙碌,保证5点半第一锅外脆内软、热气腾腾、黄亮黄亮的油酥饼按时出炉。

城里的人和村里的人不一样呀,天不亮就要吃饭,吃完饭才去上班、上学,所以必须赶上这个时间点。单就这方面来说,还是村里人舒服呀,"日出而作,日落而息",几千年的老习惯了,现在土地又都归了自己,不再有生产队时的按时按点,日出了可以不作,日不落也可以休息。唉,但是这样舒服就没有钱花了,要从黄土地里刨出钱来,那非得下死苦、费死劲了。现在农村的快速发展,光指望庄稼地里的那些收入是远远解决不了农民的生活需要的。尤其是在目睹了姚晓云结婚的宏大场面后,秀莲婶深深地感受到了这一点。

姚家的两个姑娘都是秀莲婶看着长大的。两家就隔着一堵墙,平日里少不了相互来往,大人的品行,娃们的性格,彼此都是了如指掌。好几年前,秀莲婶心里就萌生出一个想法,将来要在姚家这两个姑娘中给儿子国良选一个媳妇,最好是老大,老大云云听话,脾气好性子绵,自己儿子国良憨厚老实,两人配成一家子是再合适不过了。那几年,姚满财穷困潦倒,两个娃整天也是恓恓惶惶的,秀莲婶时不时就过去接济点,但这个念头却一直没有说出口,只怕落个为贪图人家闺女的把柄。可如今,姚满财慢慢也有些起色了,姚家又攀结上这么个有钱有权的亲戚,云云是没有希望了,老二小雨脑瓜那么好,又考上了康杰中学,将来肯定是读大学走远处的料,更是指望不上的。眼看着国良虚岁就满23了,村里像他这样年龄的,好多人胎娃都抱在怀了。秀莲婶能不着急吗?

经过了姚晓云的婚礼,秀莲婶突然发现自己好像一下子比别人落后了好多,这才几年时间,结婚的彩礼钱就涨成这样了——八千八,吓死人啦!前些年不是才几百块钱吗？尽管这只是因为人家姚满财亲家财大气粗，但听村里人说，现在普通人家的彩礼也得一两千了，结个婚整个下来起码也得个五六千。好家伙，这都成什么世道啦？幸亏自己就这么一个儿子，要是有上两三个，那还不把自己和老伴的骨头都要敲碎卖了？

牢骚归牢骚，但儿子的婚姻大事必须要提上日程了。秀莲婶晚上在炕头和老伴合计了多半夜：现在家里三口人，总共不到六亩地，现在只有种棉花还算值钱。平常情况下，一亩地产籽棉也就是四五百斤，一斤籽棉收购价通常也就是一块二三，一亩地碰上好年景也就是600块钱，总共也不过3000多块钱。可是种棉花投资大呀，种子、薄膜、农药、浇水，而且五六亩地，在棉花盛开的高峰期还要雇人采摘，否则碰上风天雨天，风吹雨打后的棉花就不值钱了。这样算下来，一年能落个二千来块钱就不错了，那不吃不喝只结个婚过个事都需要攒上好几年呀！看来光指望庄稼的收入是远远不行的，还必须要有其他的来钱路子才行。

于是，昝国良就告别父母，独自来到了这里。初中毕业后昝国良在运城市北边的北相镇一家羊肉泡馍饭店干过两年多，专打各种饼子，因为羊肉泡馍其实泡的并不是馍，而主要是饼子。这几年，北相镇及相邻的泓芝驿镇一带，打饼子的人是越来越多，他们不仅仅在本地打，而且成群结队地"打"出运城，"打"进陕西，"打"进山东，"打"进北京，"打"进……把运城的饼子打得是色香味俱全，而且纷纷在当地站住了脚跟，也挣下了好些钱。昝国良就是通过以前饭店的同事介绍，来到杨陵——这个以前根本没有听说过的地方，店铺老板是泓芝驿镇的，在这里开店也才一年多的时间。

叶俊萍推着阿姨走到饼子铺的时候，早上那一阵子忙碌已经过去了，昝国良停歇下来正在吃饭。他左手捏的馍馍里夹着豆腐乳和咸菜，右手一碗稀米汤"吸溜吸溜"喝得正带劲，看到有顾客上门，他放下馍馍和饭碗，擦擦手，走了过来。

"你好！想吃些啥饼子？"

食柜里的饼子种类不少，叶俊萍一时间都有些眼花缭乱，她便直接问："你这里不是有一种饼子叫……'牛（eou）曲连'吗？"

来这里也有半年时间了，对当地的方言和校园里的普通话，叶俊萍多少都会一些了，可是这个"牛曲连"，她觉得还是用家乡话叫着比较顺口，所以想了想还是换成了运城话，反正伙伴不是说这饼子铺就是运城人开的嘛。

熟悉的家乡话！昝国良一听，立马笑了，他顿时觉得眼前这姑娘一下子亲切了好多。虽然在这里时不时也会碰到运城或其周边县里的人，但运城与周边县的方言也差别挺大，就是运城市内部南北方言都不完全一样。他在北相镇待过，北相镇属于运城市北面，那里人说话和他家所在的龙居镇就有些不一样，所以他断定这个姑娘应该是来自他家所在的那一带。

于是，昝国良用更地道的方言问："你屋是(si)不是(si)运城西岸的(di)？"

叶俊萍惊奇地扬起了眉毛，"噢，就(qiu)是。你怎(zuo)么知道？"

昝国良又笑笑，没有接话，叶俊萍却自己醒悟了过来，"噢，你是不是听(tie)我(eo)说(xue)的是兀达的话吧？你也是兀达人？"

昝国良点点头，从封住的火炉边取了两个"牛曲连"递给叶俊萍，"咱们那里好像没有这个吧，你喜欢吃这个？"

叶俊萍摇摇头说："我还是第一次见这种饼子呢，当然没有吃过。我在这位阿姨家当保姆，听朋友说你这种'牛曲连'不光好吃，而且吃了还有助于老年人消化。阿姨行动不便，活动得少，消化肯定不好，所以想买些给她尝尝。"

"噢,要是这样的话,你先给阿姨拿一个过去。这'牛曲连'刚出炉的最好吃,酥酥脆脆,热气腾腾,美太太。要是你们不着急,我马上给你们做些,你们现场尝一尝,好吃了多替我宣传宣传。"叶俊萍看看阿姨,阿姨点点头,说:"没事,你做吧,我们有时间等。"

昝国良饭也不吃了,从店里面给叶俊萍搬了个凳子,洗洗手开始揉面,一边揉,一边和她们闲聊起来。这也是以前师父教的,手勤点,嘴甜点,多和顾客沟通,拉近距离,尤其是顾客在等待的时候,谝些闲话不会让顾客着急,反正是手在忙活,嘴又不忙。

这"牛曲连"别看就是个圈圈,但做起来也需要技术,除去平常饼子所需要的材料,它的面揉的次数更多些,更筋一些,再加些椒叶、茴香、芝麻,烤的时候一定要及时翻动,把握好火候,这样烤出来的才膨大黄亮,吃起来又酥又脆,满口溢香。"牛曲连"最早是在运城市北边乡镇上郭、三路里一带比较盛行,这几年才慢慢地往南传,龙居镇周边都还没有这种吃食呢。

叶俊萍和听阿姨讲知识一样认真听着昝国良关于"牛曲连"的讲述,不过昝国良说的上郭、三路里等乡镇她都很少听说过,一点都不熟悉。这也难怪她,很小就辍了学,早早在家里面忙里忙外,龙居镇都很少出过,更何况还是那么远的地方。她微微红了脸,低着头绞着手指,不好意思地说:"我很少出门,一般也就是去个龙居镇,你说的那些地方我都不知道是在哪块呢,以前我光知道稷山饼子最有名。"

"对,稷山的饼子是很有名气,尤其是翟店镇,但是'牛曲连'我觉得还是三路里、上郭做的好吃,那里有个稷王山,却是跟稷山没关系,稷山没山,一马平川,所以后稷才在那里种植各种粮食作物,就把咱们国家的农业发展起来了。"

"后稷?"叶俊萍轻皱了一下眉头,"我倒是听阿姨说过这个人,但是人家好像不是稷山的,阿姨说他就是这个地方的人,这里之所以建个农业大学跟他也有很大关系的。"

"呵呵!"昝国良摇摇头,咧开嘴憨憨地笑了,"那我就不知道了,反正以前我在北相镇的时候,别人都是这么说的。"

其实不管是稷山,还是杨陵,两地相距并不是很远,一个在山西,一个在陕西,同属于雨热同期的暖温带大陆性季风型气候,都是黄土高原上美丽富饶的河谷平原,相同的自然条件使它们拥有了相同的机缘,都有可能成为中华农业文明的发祥地。这就好比两个人一样,相似的生活经历,相近的生活追求,就有可能让他们走在一起,创造一个共同的未来。

第二章

5

难道不是吗？这个规律在昝国良和叶俊萍的身上正慢慢地演绎成现实。其实，不光是他俩，姚晓云的心里也深深地明白这一点，只不过，她知道，自己已经失去了这个机缘。

正如姚满财所设想的那样，结婚以后，王秉禄动用各种关系，很快就给姚晓云找了一个工作——在本乡镇的西王村小学当民办教师。

隋朝末年，河北窦建德起兵漳南，自立为王，在北方辗转战斗中，曾经在运城东边的安邑下王村驻扎军队，下王村民便整体把家搬迁到了这里，因为此地位于下王之西，所以就把这里称为西王。西王村不仅在金井乡最大,在当地也是个有名的大村子,20多个生产队,人口达到8000左右,西王小学的学生人数自然也不少,光是老师就有40多号人呢。姚晓云代的是三年级语文,一个班兼班主任。因为王秉禄的面子,学校肯定得给姚晓云安排成主课老师,以显示其重要性,但课又不能太重。三年级的学生稍微大些,很少有那种整天哭哭闹闹的了,又能懂事些,好管理,同时正好处在小学的中间阶段,没有升学压力,工作不用很辛苦。王秉禄对此安排很满意。

  姚晓云也比较满意,能重新踏入校园,是她从没有想到过的事情。只不过,身边那个像哥哥一样的大男孩没有了,换成了一群整天只知道嘻嘻哈哈不停打闹的孩子。唉,没心没肺的童年是多么好啊。

  平心而论,王家一家三口对她还是不错的。每天早上,婆婆总是早早起来给一家人做好了饭。吃完早饭,王伟上班骑摩托车把她捎到学校。中午和晚上,她都是随学校其他老师一道到学生家里吃派饭。吃完晚饭,她就待在学校自己的宿舍里,王伟下班了就会过来接她。回到家里,婆婆还经常会熬些汤让他俩喝,然后,看电视,睡觉,啥心都不用操。

  但即便是这样,姚晓云还是快乐不起来,她觉得可能是自己天生就没有享这种福的命,她不习惯于也融不进这种生活,自己原来理想中的生活并不是这样。王家的三口人都爱打麻将,晚饭一吃,麻将声便准时会"噼里啪啦"响起,每晚不到三更半夜很难停休。绝大多数时候,王伟并不在家里进行"窝里斗",套用王秉禄这种职业金融人的话说:"'窝里斗'只是资金内部流动,产生不了增值效应。"王伟有自己的朋友伙计,也组成了固定的麻将圈子,而且他们玩得累了还会有赢家组织饭局和娱乐活动,反正家里又从来不缺外人来"支腿",所以蜜月期过后,王伟基本上是天天晚上出去打。姚晓云不会打麻将,她对打麻将也不感兴趣,婆婆劝导了她好几次让她学,她都找各种理由推托了。每天晚上她都是一个人在自己的房里静静地看电视,直到屏幕上出现"谢谢收看"。她睡得正香的时候王伟一般才回来,王伟回来的动静很大,经常把她吵醒,而且常常是酒气熏天,令她几乎窒息。王伟很快就"呼噜呼噜"地睡着了,剩下姚晓云辗转反侧,睡意全无,再也续不上刚才的梦了。

不过在学校的时间里,姚晓云的心情还是比较好的,尤其是和学生们在一起的时候。

"老师,这是我妈妈让我给你的!"虽然已过去好几天了,但姚晓云仍然能清晰地记得那个叫娇娇的小女生说这句话时的表情。那天她午休起床,用凉水洗了把脸清醒了一下,然后开门出去倒水,一眼就看见娇娇站在教室门口伸着头往这边探望。当时才2点多一点,离上课时间还早着呢,校园里基本上都还没有人。姚晓云正想问她干吗来校这么早,娇娇却朝着她这边跑了过来,她两手藏在身后,蹦蹦跳跳地跑,像只小兔子,很欢快的样子,到了姚晓云跟前,猛地抽回胳膊向前一伸,扬起圆嘟嘟的小脸看着她,脆声说道:

"老师,这是我妈妈让我给你的!我妈妈专门在姚暹渠上摘的,又酸又甜,可好吃啦!"

那是一小塑料袋酸枣,色红、个大,晶莹透亮,姚晓云一看就知道是经过精心挑选的。小女孩脸蛋红红的,还微微渗出些汗水,姚晓云突然想起了小时候的自己,她的眼睛一下子潮湿了。

"娇娇真好,老师谢谢你妈妈了。不过,老师是大人了,不吃酸枣了,你把它放在书包里自己慢慢吃吧!"

"不,老师!"小女孩挺执拗的,小大人似的走进房内,把酸枣径直放在姚晓云的办公桌上,"我妈妈专门让我送给你的。我妈妈说,你给我们讲课,教我们唱歌,费嗓子,吃了酸枣就可以保护嗓子,不咳嗽。我们最喜欢你教我们唱歌了。"

姚晓云蹲下身子，用毛巾拭去小女孩脸上的汗渍，又理了理她有些凌乱的头发，说："好吧，那老师就收下了。不过，老师也要送给你一样东西，你在下课和放学以后也可以吃。"她站起身从办公桌右下角的柜子里取出一袋鸡蛋糕，都还没有开封呢，她把袋子领口塞到小女孩的小手上，说："咱俩比一比看谁的东西好吃，好吗？"

小女孩很欣喜，眼角弯弯地盈满笑意，她甜甜地说道："谢谢老师，老师你真好！"冲姚晓云摆摆手，然后转过身，欢快地跑回了教室。

姚晓云好长时间都没有去过姚遥渠了，偶尔回娘家也是王伟用摩托车载着她从那里一晃而过，根本没有时间在上面驻足停留。现在已是9月，又到红澄澄的酸枣挂满枝头的季节了，小女孩娇娇送来的酸枣，又把姚晓云拉回了以往的岁月。那郁郁葱葱枝叶遮天的杂树，那细软如茵野花丛生的草地，那漫渠遍野一望无际的酸枣林，那盈硕晶亮珍珠玛瑙般的酸枣，还有那个高高大大健壮结实的身影……

今天是周六，下午4:30小学生们就放星期回家去了，老师们也陆陆续续地各回各家了。王伟要等到天快黑的时候才能下班过来接她，姚晓云便决定去姚遥渠上走一走。她给学校门房的师傅打了个招呼,出了校门沿着大巷一直往南走,姚遥渠就在村南二三里远的地方。

天气挺好,已经偏西的太阳晒在身上还是有些发烫,姚晓云在田间小路边的树荫下慢慢地走,姚遥渠一步步地越来越靠近她。

因为中午时分的太阳还是比较毒,农民们这个时候才开始陆陆续续地去地里干活。金井乡一带种植的棉花比较多,经过中午太阳暴晒后的棉花此时开得正欢,在茫茫绿海之中掀起无数朵白色的浪花,时隐时现。摘棉花的农民们则像俯身撒网的渔夫,低着头,弯着腰,乘风破浪,费力前行。

姚遥渠的南坡上,还是一如既往地疯长着密密丛丛的酸枣树,枝叶间的酸枣在阳光的照射下显得分外红亮。姚晓云摘了几颗放在手心,蓦地感觉自己已没有了以前那种摘采酸枣的急切和欢欣,心中只有一股淡淡的惆怅和失落。

极目南望,条山如黛,山脚下的景物都清晰可辨。如果赵洋现在还是每天都往山上跑的话,是不是站在这里就可以看到他呢?姚晓云脑海里突然闪过这么一个念头,嘴角不禁绽放出一丝轻轻的笑意。唉,赵洋他现在已经是高三学生了,学习压力那么大,肯定没有时间再出来跑步活动了。明年他就要参加高考了,他能考上大学吗?他肯定能行的。他的底子不错,又知道努力,他一定能考上大学的,他将来肯定是要去很远很远的地方的。

返回学校的时候,姚晓云专门绕道到东南村口的文昌阁。因为文昌帝君是中国民间和道教尊奉的掌管世人文运功名之神,文昌阁就是为保一方文风昌盛而修建的。西王村的文昌阁在村东南方向的官道正中,由于它的东西南北各有一个门洞,村民们都叫它"四眼洞"。听老人们讲,文昌阁至今已有三百五十多年的历史了,高大的基座呈正方形,四面均为十米左右,整体高达十六七米,楼基下层用又宽又厚的中条山石条构筑,石基以上为青砖砌成。东南西北的洞门都是用青砖拱券而成,四门相通构成十字通道,洞门高大宽敞,大马车都可从洞门通过,洞门的东西通道就是早先和姚暹渠水陆并行使用的陆上古盐道。当年年羹尧在此剿匪之后,在西王村设立了潞盐西运的盐政制所,主要负责潞盐运往陕、甘一带的数量、质量、到达地和完程程序等等。盐政制所设立后,各路经商开店的人以及行政官员纷纷会聚西王,曾给西王村带来了空前的繁荣,文昌阁大约就是那个时候建的。

姚晓云细细地打量着这座古老的建筑，四个洞门的上方均有一块匾额，东为"萦青"，西为"缭白"，南为"迎薰"，北为"拱斗"。站在四门交会处往上看，上方有木雕而成的八卦图案，它代表着方位。八卦图的周围是一个奇特的八角形砖体结构，构造极为精湛。姚晓云顺着西洞门旁的砖砌恩德台阶登上二楼。二楼四周是一米宽的平台，站在平台上能看清整个西王村的全貌，平台四周有砖砌垛口墙护卫，中间建有一个外表看起来是两层的阁楼，阁楼四周有十二根木柱支撑，每个木柱下面都垫有两个厚厚的石鼓。阁楼门朝南开，门的两侧悬副楹联，上联写着："文昌阁建东南四通八达"，下联写着："孔夫子著春秋贬恶扬善"，阁楼里面坐北朝南就供奉着孔子画像，坐西朝东还供有魁星木雕神像。若站在阁楼正中往上看，二层阁楼的中间悬空立着一根粗约20厘米，长约3米的木柱，村里人都说，这根木柱代表毛笔杆，毛笔尖则穿过楼顶两米左右伫立在阁楼顶端，毛笔尖为精铜铸造。阁楼的二层由四根木柱托起悬吊在空中，人是不能上去的，四角层檐翘起，斗拱结构，东西南北屋檐各由24根木椽组合，楼顶是彩色琉璃砖瓦，还配有雕刻精美的鸟兽。整个建筑富丽堂皇，虽然历经几百年的风雨沧桑，但仍然恢宏壮观。

姚晓云站在阁楼正中,面对着孔子画像,双手合十放在前胸,深深地鞠了三个躬,心中默默地念道:"孔圣人呀孔圣人,求您老人家好好地保佑赵洋,保佑他健健康康,保佑他快快乐乐,让他在明年的高考中发挥出最佳的水平,一定考上他心目中最想去的大学!"

第二章

6

　　姚晓云和王伟回到家的时候,天刚擦黑。家里少有的没有听见麻将声响,姚晓云往客厅看了看,李旭林正在和公公王秉禄说着话。李旭林是父亲的合伙人,又是以前班主任的弟弟,姚晓云便过去打了声招呼,大人们在说事情,她也不便多待,打完招呼后她就回自己房间去了。王伟却爱凑热闹,坐在那里不走了,他知道这个李旭林叔叔门路广、见识多,天南海北都去过,他喜欢和这种人打交道。

　　李旭林今天上门来找王秉禄,自然离不开"钱"这个核心。自从去年他在广州待了一段时间后,他的心中丢舍不下这个地方了。这个地方吸引力太大了,作为改革开放的最前沿,国家政策给予了这个地方太多的商机,看看人家日新月异的发展形势,咱们这里步伐太慢了。而且现在周围乡镇私人棉花加工企业是越来越多了,光是龙居、金井、车盘这一带就新冒出了四五家,还不说西边的永济卿头镇。相反的这一带棉花种植面积并没有增加,而且还有农户引进运城北片泓芝驿、上郭甚至临猗、万荣的梨树和苹果树,棉田面积将来肯定还会有减少的趋势。涉棉加工企业前景不容乐观,所以李旭林觉得现在就有必要开始谋寻新路。他这次登门造访,就是想给王秉禄勾勒一下自己心中的宏图计划,以便将来好得到资金支持。他说,过上一段时间他打算去广州一趟,找找运城的老乡还有上次认识的那些朋友,而且每年举办两次的广交会也快开幕了。有着几十年历史的广交会规模大,商品多,那可是全国一流的交易会,所以他想去那里看看有什么适合自己发展的项目,要是能和运城的农产品对接上那就更好了。

王伟在一旁听着,突然插话说:"旭林叔,你要去广州,把我也带上去逛逛吧?"

王秉禄瞪了儿子一眼,"胡尿说啥。你旭林叔要去广州办正事呢,你跟着捣啥乱?"

王伟一下子恼了,冲着他爸就吼了起来:"我怎么是捣乱了？从小时候到现在，你说过多少回要带我出去逛，到底逛了没逛，你心里很清楚。现在我都结婚啦，都是大人啦，你还给我管这么紧，我就没有一点自由啦？旭林叔走南闯北我跟着长长见识有啥不好？我们厂里好些人现在都停薪留职下海，到外面挣了大钱啦，人家穿这个戴那个，就是你一天教我上这死班有啥意思？我出去学学看看，长了本事干个大事，你脸上不光彩？"

王伟的一顿抢白把王秉禄噎得顿时说不出话来，他气得站起来正要打儿子，李旭林一把拦住他，说："哎哎哎，王哥，你消消火，坐下坐下，跟自家的娃还生啥气呢？你还不知道现在这娃都是很有个性的。不过，伟伟说的也有些道理，'树挪死，人挪活'，如今这社会变化这么大，多出去跑跑看看有好处。这样，王哥，只要伟伟能给厂里请下假，其他的就由我来安排，吃喝逛你都不用操心，肯定叫咱伟伟美美地耍，好好地玩，保证大开眼界，大长见识！"

王伟一看李旭林同意带他去广州，这下更带劲了，"爸，你看我旭林叔都答应带我去呢，你还不叫我去？好歹我都这么大了还没有在外面闯过呢，趁年轻有干劲就要出去闯闯，像你这么大年纪了叫我出去我都不出去了。"

"行吧行吧!"自己的儿子是啥秉性还能不清楚。王秉禄知道这个自小被惯大的宝贝疙瘩是不达目的不罢休的料,刚才只是抹不开面子,现在见李旭林大包大揽主动提出要带王伟,便顺水推舟就驴下坡,"你这娃真是,老是给你叔制造多少麻烦。不过我给你说,你先给厂里面请好假,不要让人家领导说你调皮捣蛋,不好好上班。再一个就是在外面必须听你旭林叔的话,坚决不能一个人擅自出去逛,广州不比运城,不要给我胡尿惹事。"

"哎呀,我知道我知道!"王伟不耐烦地说,心中却万分狂喜,他站起来对李旭林说:"叔,你确定什么时候走?要在广州停多长时间?我明天就给我头儿请假。"

"呵呵,不用太着急。"李旭林笑着说,"过了这几天,我把厂里面事情安排好了,我会给你爸说的。厂里面的假好请我知道,但云云的假好不好请我就不知道了,这要你亲自去请,我可帮不了你的忙。哈哈,你说呢?"

"不要紧,没事。"王伟大包大揽地说道,"她好说话,我爸我妈都管不了我,她还能管了我?我想干啥就干啥。再说,她还要上课呢,她也顾不上管我。"

"哦,要是这样那就好。你先干你的事去吧,我和你爸再谝一会儿。"

"唉,这娃,越来越不听话,死犟!"王秉禄指着儿子的背影叹着气,"一天到晚给我气得。你答应带他干吗?带着他还不知道给你惹多少麻烦呢!"

"没事,王哥,你不要在意,娃出去锻炼锻炼也好,让他见识见识人家广东人的经济头脑,启发启发,回来说不定还能给你好好干一番事呢。"李旭林心里明白,王秉禄不过就是做做样子,说说而已,王伟死活要去他也是挡不住的。当然李旭林答应去广州带上王伟也有自己的一番心思:去广州考察发展项目,不论相中哪一个都得投资呀,如果能把这小子拉进去做个合伙人,让他向他老子要资金,自己经营,他只投干股,应该还是可行的。再退一步讲,即使他不上套合伙,带着他出去逛上十来天,吃喝玩乐,就权当是给王秉禄又送礼了,他宝贝儿子高兴啦,以后资金借贷上他总得要活泛活泛一些吧。

作为中国改革开放的前沿阵地和"试验田"的广东省省会,广州飞速跨越式的发展使其日益成为一座屹立在中国南部的现代化国际大都市,特别是前几年刚刚兴建的位于荔湾区沙面南街1号的白天鹅宾馆,高达120米,成为了中国第一高楼。

李旭林到广州后的前两天,啥都没干,就是带着王伟四处游逛,越秀区的北京路、高第街,荔湾区的文昌路、宝华路、上下九商业步行街,还专门参观了去年才落成的为迎接第六届全运会而修建的天河体育场。林立的高楼大厦、繁华的街景闹市,灯红酒绿,车水马龙,让王伟张大的嘴巴一直没有合上,这小子算是大大地长了见识。

第三天,李旭林带着王伟来到了位于越秀区的流花,这里有广州火车站和流花汽车站两大交通枢纽,流动人口多,依托广州火车站和流花汽车站带来的人气,在周边地区以路边摊形式的集贸市场也是相当的繁荣,做粮油生意的当地人张老板在这一带就有好几个商铺。李旭林去年在广州通过运城老乡认识了这个张老板,两人年纪相仿,性情也颇相投,回到运城后李旭林也经常与其联系,这次来广州主要就是想找他来了解情况。

这个张老板也是豪爽之人,约了几个朋友,专门在一家大酒店订了一个豪华包间,为李旭林和王伟两人接风洗尘。李旭林介绍王伟时,有意把王秉禄的乡农行营业部主任职务改成了市农行支行行长,以暗示自己有足够的资金后盾。这王伟本就是花花公子一个,喝酒吃肉的场合也见过不少,两人配合起来倒也天衣无缝。

酒足饭饱之后,张老板又在附近一家Karaoke厅订了一间通宵包厢。Karaoke这可是个新玩意,也叫卡拉OK,就是歌舞厅的意思,最先起源于日本,这一两年才传进中国沿海地区。张老板说这是个新鲜事物,贵客远道而来,大家就要热闹热闹,好好放松一下。

这卡拉OK厅装潢豪华,里面光怪陆离,声乐震耳,虽然空间也不算小,但还是让人感觉有些压抑。宽宽大大的沙发放了好几张,长长的茶几上摆满了果品和酒水。张老板的几个朋友开始对着电视机屏幕上的画面一边扭动一边吼叫起来,这一切都让王伟感到新鲜和兴奋,但他还是记着出发前李旭林叮嘱他的话,老老实实地坐了下来。

李旭林掏出一盒万宝路,给大家一一散发。他平时并不喜欢抽这种味道有些浓烈的外烟,只是想着这里改革开放步伐快,来自国外的洋玩意易受欢迎,今天出发时才专门买了两盒这种美国烟。

张老板摆摆手,说:"我们现在都不抽这种香烟了,味太冲,不好。今天给你俩尝一种新鲜的,保证你们都喜欢。"说着伸手抓起茶几上的一盒国产香烟,撕开包装,掏出锡箔纸,摊平铺放在两个啤酒杯之间,又把旁边作为留言簿的小本本拿过来,扯了几张空白页卷在手指上熟练地做成纸筒,然后从随身带的黑皮包里拿出三个塑料小包来,白色透明的袋子,四四方方。张老板撕开一袋,往锡箔纸上倒了一层奶粉一样的东西,旁边有人递过来一个打火机,张老板把手中的纸筒一人散了一支,右手握着打火机伸到锡箔纸下面,"啪"的一声,随着火苗的蹿起,嘈杂的空气中立马弥漫出一股奇特的香甜。张老板和他的几个朋友凑上前去,用嘴里叼着的纸筒大口地吸着粉末化成的烟雾,同时不忘招呼李旭林和王伟两人参与其中。

李旭林坐着没动,他不太喜欢这种味道,觉得还不如运城四毛钱的翡翠香烟的气味好闻呢。王伟则好奇地挤过去,把残留的几缕细烟全吸进了肚子,末了,又意犹未尽地问张老板:"张叔,这是啥东西?闻起来真香!"

张老板咧咧嘴,顺手把剩下的两包扔给王伟,"呵呵,香吧?这可是真正的好东西,从香港那边弄过来的,洋玩意,喜欢就装上!今天咱们就是要玩得痛快。"他甩了个响指,"来,歌声吼起来,啤酒喝起来,大伙要尽兴!"

相对于这种味道有些苦涩直泛白沫的啤酒,李旭林其实更喜欢喝清香醇厚的白酒。他心里不得不服气这帮精明的南方佬,总能从外面搞许多稀奇古怪的东西来吸引人,你说这啤酒好在哪儿?但现在好多内地的年轻人也对它上瘾了,还有刚才那东西,还不知道是什么玩意儿呢,惹得这么多人都对它着迷。

盛情难却,尽管不是最爱,但李旭林喝起啤酒来仍然豪气十足,几十度的白酒他都像喝白开水一样,这啤酒才有几度?而王伟,就像喜欢所有的新潮事物一样,他对啤酒的热爱程度远大于白酒,何况他现在感到浑身燥热,内心深处像有无数条火蛇在窜动,急需大杯大杯的清凉啤酒来浇灭体内奔突四射的欲望……

第二章

7

和王伟一样心躁不安的,还有远在运城解州中学课堂里的赵洋。此时正在上早上的第二节课,他面前的课桌上,摆放着一厚叠数学习题卷子,班主任李茂林正一手捏着粉笔,一手架着木质三角板,在黑板上左画右写,纵横捭阖。

高三的时间不知不觉就过去一小半了,这眼看距离高考也就二百来天了,班上已逐渐开始了两极分化,学不动、感觉到考大学无望的学生现在已经淡定了,该吃就吃,该睡就睡,心态好得很,坐在课堂上,"身在曹营心在汉",只求安安稳稳拿一个毕业证。最熬煎的是平时学习还可以,不管是本科、专科甚至中专之类都还觉得自己有希望的学生,揣着忐忑不安的心态做着夜以继日的努力,默默地祈祷老天能眷顾保佑,明年的七月让自己收获一份惊喜。

赵洋和王红雷都属于这一类型的学生,王红雷脑子好,各科成绩都不赖,数学尤其学得棒,是李茂林的得意门生,也是高三文科的重点培养对象,连鼎鼎有名的康中学子李百灵和姚晓雨都时常向他请教。赵洋呢,清楚自己必须勤奋努力下死苦才能有所收获。有什么办法呢?对农家子弟来讲,高考是改变命运的最佳途径,课堂上的些许辛苦,和父辈兄辈抛洒在田地间的汗水相比,又算得了什么?

如果自己能有王伟的一半,有份固定的工作或者有个富裕的家庭,自己肯定就能给姚晓云提供更多的帮助,这样也许姚晓云就会继续自己的学业,他和她就有在大学相见的可能了。很多时候赵洋一个人常常这样想,可是如今一切都被现实所击碎。自己已经无法改变过去,唯一可能的就是改变将来,而对目前的自己来讲,改变将来最快最可能的办法就是抓紧眼前的每一寸时光,好好努力,专心学习。

可是从昨天直到现在,赵洋的心都死活专不起来,教室外面滴滴答答的雨声不停地敲打在他的心上,让他一阵阵焦躁难宁。

　　为还哥哥赵海结婚时的欠账,这两年家里的田地几乎全种了棉花。每年这个时候都是最忙碌的时节,父亲和母亲舍不得请人帮忙(这个时节家家户户都忙,劳力难请,工钱也贵),哥哥嫂嫂组成了小家庭分开出去另过了,也有自己的庄稼和自己的忙碌事,而赵洋高三课程多,时间紧,两个星期都不一定能放上一天假,所以那六七亩棉花的日常管理和采摘就主要靠老两口早出晚归、披星戴月地辛苦劳作了。

　　雨是从前天傍晚开始的,淅淅沥沥一直下到现在都没有要停的意思。秋雨绵绵,真烦人!前一响的天气那么好,地里的棉花肯定开了不少,光靠父母亲两个人哪能摘得了?这遍地的棉花要是不能及时摘采,在雨地里泡上几天,那还不得烂完?坐在分秒如金的课堂上,赵洋怎么也静不下心来,他不愿想这些,但越是不愿想,这些思绪就越是往脑子里钻。唉,没办法呀,全家的收入就指靠这几亩棉花,光是前期管理投资就花了1000多块钱呢,欠别人的账,一年全家大大小小的开支,尤其是自己的学费和生活费,教他怎么能不操心家里的棉花呢?

　　下课铃声响了,接下来是30分钟的课间操时间。

因为下雨无法做操,好多同学就待在教室里,瞌睡的学生趴在课桌上就开始睡觉。赵洋出去上了个厕所,回来后一眼就看见父亲赵广厚戴着一顶草帽,手把着教室后面的窗户往里面张望,他瞬间明白父亲此行的目的了。

父亲在教室的房檐下等着,赵洋一路小跑到班主任房里去请假。李茂林明显有些犹豫,但他想了想,还是准了赵洋的假,他关切地问:"一天时间够吗?"赵洋点点头,说:"够了。明天早上我肯定能按时到校上课。"李茂林拍了拍他的肩膀,"唉,没办法,这也是个大事呀!不过你悠着点,注意身体,尽量明早能赶上第一节课。当然,实在困难,迟一些也行。下雨路滑,和你爸在路上骑车慢一点。"

赵洋跑回教室,简单把课桌上的书本整理一下。同桌王红雷小声问:"光是你一个人回去能行吗?需不需要帮忙?不就是一天吗,要不我也跟你一起回去吧?"赵洋摇摇头,感激地摸了一下同桌的肩头,笑笑说:"就没有多少活儿,哪敢要你亲自出马?你就在这里给咱们好好学,明天还要靠你给我补课呢!"

王红雷家里基本上没啥庄稼地,很少干农活,再者他身板瘦小一些,大雨天在满是泥泞的地里揪棉花疙瘩,扛百十斤装棉花的编织袋可不是件容易的事。赵洋哪能让他去干这种活儿呢?

碰到这种连日阴雨天气,农民们的唯一办法就是趁着雨小的时候,去地里面把已经盛开的棉花朵和处于半开状态的棉花疙瘩全部揪下来,拉回到家里面找个干净的地方摊开,然后再慢慢地把棉花和壳、叶挑拣分离,挑拣干净的棉花薄薄地铺在竹帘或者用高粱秆子结成的席子上,用木棍撑起来,像楼房一样,一层一层,通风散湿,要是天晴太阳出来了,赶紧抬出去晾晒,这样被雨淋的棉花才不至于霉烂。

赵广厚老汉也是听天气预报说这雨会连下好几天呢,但今天能下得小一些,眼看着好几亩的棉花都泡在雨水里了,老两口在家心急火燎的。老大赵海还是在轧花厂上班,这天气活儿不多请假倒容易,但他自己还有5亩棉花呢,媳妇王燕呢,怀孕都6个月了,虽说平常好天气去地里摘个棉花还行,这满地泥泞稀溜滑的怎么也不能让她再去地里了。没办法,老两口决定把二儿子赵洋从学校叫回来,高三时间是要紧,可棉花泡在雨里更要紧呀!

赵洋跟着父亲,一人骑一辆自行车,顺着大路,一路急蹬。雨果然是小了些,骑过硝池滩,临近车盘乡十字路口时,这个低洼地段一如往常地积满了水。赵广厚说这一截路水深不好骑咱们下来推着走,但赵洋心中着急,双手抓紧车把,车头灵活地摆动,绕过一个个水坑,车身溅起一片水花,在父亲的劝阻声里,有惊无险地穿过了这片水地。虽然裤腿上溅了不少泥水,但马上就要进地里面干活,迟早是要弄脏的,所以赵洋就没在乎,他把自行车撑在路边,顺着路东门面房房檐下的台阶跑回到父亲跟前,一把接过自行车,让父亲从台阶上走(台阶上自行车上不去,但人行还是挺方便的),自己仿效前法,又在泥水中强行渡过。总算能节省点时间。

自行车冲破潮潮的湿雾,姚逞渠就远远地显露出来。在阴沉沉的云层重压之下,姚逞渠宛如一条蛰伏的巨蟒,披着一身绿森森的鳞甲一动不动。两旁尽是看不到边的棉田,好些农民已经趁着雨势减小的空当到地里面揪开棉花了,赵洋和父亲也是骑着自行车直奔自家的棉花地,母亲杨翠娥已在地头等候着他们了。

杨翠娥拿出一双雨鞋让儿子换上,她自己也穿了一双,赵广厚没有雨鞋可穿,他就是脚上的那双已经破烂不堪的黄球鞋。三个人每人一个布包袱系在腰间,屁股上再绑上几个编织袋,每人负责两行棉树,低下头,双手左右开弓,棉花朵、半开的疙瘩和着露水、叶屑(细小的碎叶)就往包袱里塞,包袱装满了就倒进编织袋里,编织袋满了就用口绳扎紧放在垄边。脚下的地面不光泥泞，还有些溜滑，需要踩在草根上才能稳当些。棉树的枝叶间上上下下尽是露水，还没走几步，裤腿就已经湿漉漉地往下滴水了，紧贴在皮肉上，明显地让人感到秋天的冰凉。

但在这个节骨眼上，谁还顾得上理会这些？紧紧张张的节奏连说多余话的工夫都没有，父亲和母亲都在不停地忙碌着，赵洋也不敢稍有懈怠。他除了揪棉花之外，还要负责把装满了的编织袋扛到地头，放到拉拉车上。满装棉桃的编织袋放在肩头上，刚开始还觉得轻而易举，如此这般几次下来，赵洋便有些气喘吁吁了，满是湿棉花的编织袋明显要比干的时候重好多，而且坚硬的棉花壳扎得肩膀也有些疼，为尽量少磕断挂着桃铃的棉枝，赵洋专门挑垄垄上走，垄垄是宽一些，但土层松软，不如其他地方瓷实，一脚下去就是一个泥坑，每前行一下都是举步维艰。

庆幸的是，下雨前几天父母亲就把地里开得比较欢的棉花已经齐齐摘了一遍，不像有的人家地里白花花的一片，尽是风吹雨打后七零八落的棉朵，一条条地垂在枝丫间，如同一副副雪白的挽联，在哭诉着农民们沉痛却又无奈的心情。

心里有压力,便也感觉不到饥饿。赵洋家的两块棉田相距不远,一块棉田揪完之后,赵洋拉着拉拉车,和父亲先往家里送了一趟装满的编织袋,顾不上歇息又匆匆赶往另一块地。天阴着也看不出啥时候了,反正地里面的人都依然在忙碌着,天气不稳定,说不定一会儿雨又要下大了,每个人都恨不得生出三头六臂,早早地尽快揪完。父亲和母亲从早忙到现在都还一点不肯停歇,自己年纪轻轻的有啥扛不住的?所以赵洋尽管觉得有些累,但依然一下一下地硬撑着。

秋分节气一过,天黑得就早了,何况又是阴雨天。天都黑了好一会儿的时候,第二块棉田才终于揪完了。赵洋捶了捶又酸又痛的腰,转了转脖子,看看四周,隐隐约约的田地里,还有几家人没有收工呢。

母亲扶着拉拉车辕,赵洋和父亲把鼓鼓囊囊、满是棉桃的编织袋一一装上车,这次和上次差不多,都有十来袋呢!赵广厚老汉咧着嘴使劲拉着绳把袋子捆紧绑牢,赵洋从母亲手里接过车辕,扯出拉绳套在右肩上,赵广厚和杨翠娥则在拉拉车后两侧,一人推着一辆自行车,又各腾出一只手从后面帮他推。

拉到了家里,杨翠娥简单清洗了一下,开始生火做饭。赵洋和父亲则把编织袋一一抬到西侧的厢房里(那本来是哥哥赵海的婚房,但哥哥和嫂嫂搬到新院子里住了,厢房就空下来了)。抬到房里还完不了,必须都一一倒出来才行,因为棉花在编织袋里焐得都有些发热了,得赶紧摊开通风散热才不会霉变。

半开的棉花疙瘩在地上铺了厚厚的一层,房间里立马洋溢着一股湿热的气息,赵洋把门窗都打开,虽然外面又开始淅淅沥沥地滴点了,但空气流动还是有利于湿气的挥发。

"洋洋,弄完了和你爸赶紧洗一洗过来吃饭。"母亲杨翠娥的催叫声一下勾起了赵洋的饥饿感,肚子顿时"咕咕"地叫唤起来,早上撑到现在都还没吃饭呢。他应了一声,拾起屋檐下的脸盆,在水瓮里舀了两瓢水,脱下身上湿漉漉黏糊糊的衣裤,挂在院子里晾衣服的铁丝上,让雨水先冲冲上面的泥斑,待明天让母亲抽空统一洗,然后对着脸盆,一下把整个脸全部扎了进去,水面上登时浮起一层泥花。

吃完饭已经夜深11点多了,父亲和母亲也累了,收拾完就歇息去了。赵洋躺在炕上,这才感觉到右肩头火辣辣地疼,可能是皮被磨破了,除去腰,腿和胳膊也都在一阵阵地胀痛。唉,真是好长时间没干农活了,这才干了一天,怎么就如此不中用了!明天一大早还要去学校呢,这样子哪能行? 想到这,赵洋咬咬牙坐起身来,左右手交换着,搓搓胳膊,捏捏腿,他知道,要不这样做的话,恐怕明天早上都起不来了。

唉,农民,这个人类从事了几千年的职业,到现在竟然还是如此的艰辛! 陶渊明的"晨兴理荒秽,带月荷锄归"、白居易的"足蒸暑土气,背灼炎天光"都不足以描述农民的苦衷。在赵洋的记忆里有一个好朋友,两人在一起从幼儿班一直上到小学四年级。好朋友的父亲在城里面一家事业单位上班,为了能上城里面的好初中,在四年级下学期好朋友就转学去了运城,再见面的时候已是两年后的暑假。那几天村里面正唱戏,在大队院子的戏台下面,好朋友叫住了赵洋,那时赵洋正从地里面干活回来,骑着一辆自行车,车身上斜插着一把铁锨,因为天热,他打着赤膊,褂褂搭在车把上,全身汗津津的,被炎炎烈日晒得通红发亮,而好朋友站在树荫下,一身整齐的清凉衣裤,比以前显得更有些白胖了。

从那以后,有一个念头在赵洋的心底就扎下了根:一定要跳出农门,成为一个城里人。

因为农民太辛苦了!

赵洋知道,自己跳出农门的唯一途径就是努力学习考上大学。小时候,教过私塾的曾祖父曾教他背过宋代

人汪洙的《神童诗》:

> 少小须勤学,文章可立身;
> 满朝朱紫贵,尽是读书人。
> 朝为田舍郎,暮登天子堂;
> 将相本无种,男儿当自强。
> ……

所以,他虽然知晓自己脑子不属于聪明的那种,但仍然不肯放弃"读书改变命运"的想法,中考复读还是没有考上理想的中专,他只能在高考这座千军万马争过的"独木桥"上背水一战了。

第二章

8

相比较赵洋的选择,昝国良走的却是另外一条"脱离农门"的道路,尽管更为艰辛,但确实也是没有选择的余地。

对于好多孩子尤其是农村的孩子来讲,念书行不行,有没有希望考上大学,不仅仅取决于脑子的好坏,其实普天之下,芸芸众生,天才和傻瓜毕竟只是少数,家庭环境在很大程度上影响甚至决定着孩子的一生。

昝国良上小学的时候成绩在班里还算中上游,他对上学既不喜欢也不讨厌,学校里有许多小伙伴可以在一起玩耍,广阔的田野里也有许多有趣的东西。父亲肾上有毛病,没有给他生下兄弟姊妹,作为独生子,他从小受尽宠爱，有什么好吃的好玩的都少不了他的，可是随着年龄慢慢增长，他发现，有好多农活也都少不了他的。母亲倒是能干，但毕竟是一个妇道人家，好多体力活还得需要他去做。等他意识到鸟飞虫唱、花红草绿的田野并不是那样好奇和好玩的时候，书本上的文字和数字也开始和他变得陌生起来。初三即将中考的六月，他连续在地里收了一星期的麦子之后，在父母的默许中，直接去学校把书本和铺盖全部搬运回了家，他知道，家里离不开他了。那时的他，身高1米76，体重150斤，已经是一个十足的劳动力了。

但就是这样的劳动力，也感到从土地里面刨出来的钱实在太有限了。风吹日晒、汗流浃背往往比不上一个风调雨顺，一个风调雨顺却往往还要看社会市场的变化，好收成还需要碰上一个好价钱才行。再看看外出打工的伙伴们，也不知道人家都在外面具体干啥，但回到村里看样子一个比一个都混得人模狗样。看起来农民工虽然比农民只多了一个字，但还是能多些门路和希望。

家里的实际情况不允许昝国良像村里其他的年轻人一样，一下就能远离家乡，直接进入大城市去闯荡一番。不过，像他这样既没有文化知识又没有一技之长的年轻人即使去了也很难在城市里面站稳脚跟,所以他就先在离家比较近的北相镇饭店里当徒工学手艺。母亲说民以食为天,学做饭当厨师将来肯定不会失业。

北相镇位于运城市的正北边,传说春秋时晋国大夫里克被晋惠公逼杀之后,他的妻子司城氏带着小儿子季友曾避居于此,也算是一个历史悠久的古镇了。北相镇的主街道有三四里长,两侧商铺林立,饭店以胡卜和羊肉泡最有名。北相的羊肉泡与解州羊肉泡略有不同,各具特色,但它们和胡卜一样,都离不开饼子。昝国良一开始在饭店里就是学打饼子,除去胡卜和羊肉泡所用的死面饼子,还做其他各种饼子,甜的咸的,三角的圆的,花样很是不少。

饭店为了充分利用场地,同时也是起到招揽生意的效果,把羊汤翻滚、羊架泛白的大锅头和热气腾腾、香味四散的饼子摊全设置在店门两侧的加长屋檐下。夏天,头顶烈日炙烤,腿上炉火攻心,如洗桑拿,一条毛巾不能离身;冬天,上身穿件厚毛衣还是冷,下身套条绒裤都嫌热,冰火两重天。

那些没有在学校的课堂上坚持下来的农村男孩子,在这样的岗位上大多也坚持不下来。他们以为逃离了早起晚睡的读书之苦和面朝黄土背朝天的种田之苦,从此就可以踏上一条既轻松又赚钱的光明大道,殊不知这第三种苦一点也不比前两种"好吃"。和昝国良一起来的总共三个人,都被安排跟着师父学打饼,一个人在半个月后悄无声息地不见了踪影,另一个是不停地找老板苦求调换其岗位,最后在店里面当了一名端盘子抹桌子的服务员,剩下的就是昝国良,他给坚持了下来。

昝国良在心里盘算了好几天,在学校里读书身体上不苦,但精神上苦,越来越难的书本让他苦恼不已;田地里劳作和这一样差不多辛苦,但是田地里的收入太少了。刚来这里的时候,打饼的师傅就告诉他们,好好学,打饼的本事学到手了,可以给饭店干,也可以自己单干。现在好多饭店都需要打饼的人手,一个熟练的打饼师傅,一个月管吃管住至少能挣300块钱,要是在西安或其他大城市会更多,当服务员虽然不风吹日晒,但跑来跑去也轻松不了多少,一个月才80块钱。既然出来打工,就要想办法多挣些钱,吃点苦算啥?最关键的是,总不能老靠下苦力来挣钱。这年头,有手艺比能下苦力更容易挣到钱!

三个徒弟最后只剩下一个,打饼师傅对昝国良也就格外地当回事。从和面、配料,再到烘焙,每种饼子每个环节的注意事项都专门叮咛,昝国良这才知道这种看似平常、三下五除二就能咽下肚子的吃食要想做好竟还有这么多讲究。怪不得这家饭店的生意就是比其他家要好,好多人就是冲着饼子过来的,听说店老板给打饼师傅的工资都开到300块钱了,可是师父还是想到大地方去自己开店。看来这世界上,大大小小的事情要想做好任何一件都是需要技术的,而一旦有了技术,小生意也照样能够挣大钱。

昝国良用了两个多月的时间,终于把运城周边常见的各类饼子的做法粗粗略略都掌握得差不多了,剩下的个别细节和技巧就要靠在实践中自己慢慢琢磨了:油酥饼要酥软,放一片进嘴不用嚼,舌头一动就化成渣渣了;酱香饼甜中带酸,酸里透辣,辣后满嘴溢香……当然,最重要的是羊肉泡馍饼子的做法,既要筋道有嚼头,又要利于消化,九份死面一份发面,全是死面口感不好,全是发面就泡不成了,两种面往一起使劲揉,时间和温度都要把握好才能达到最佳的效果。下午两三点的时候,进店的食客大多都是北边的三路里镇、上郭乡一带往城里面送石灰、石料和砖瓦之类的青壮年劳动力,这些人干的都是力气活,饭量大,想吃得稍微好一些却又不想多花钱。冒着黑烟、嗵嗵直响的工改车和小四轮停在对面的空地上,进得店来,一大碗羊肉泡必点,两个死面饼子泡进去,手里抓两个油酥饼,再来一盘酱香饼,桌上的油泼辣椒面随便添。荤的素的,汤的干的,甜的咸的,酸的辣的,全都有啦,吃得是满嘴油光,全身冒汗,饱得很,实惠得很。饼子吃完汤喝完,并不急着付钱结账,再要一杯茶水,抬起腿搭在旁边的凳子上,身子往后一靠,点着一根烟,美美地吸上几口,"饭后一根烟,赛过活神仙",又端起冒着热气的茶杯,凑上前,噘着嘴吹开水面上漂的几根茶梗,悠悠地品上几口,伸长脖子瞅瞅外面的日影看是不是能偏西一些没有刚才那么晒了,然后起身,打着饱嗝,从污迹斑斑的裤兜里摸出一卷花花绿绿的票子,抽一张拍在柜台上,"吃饱喝咂,永不想家。美!"

打饼师傅教出了昝国良后自己就辞职走了,去哪里了没说,众人也不便打听,留下昝国良一个人独挑大梁。虽然店门口的墙上就张贴着招收打饼学徒工的广告,但却迟迟招不下一个合适的帮工,昝国良便一个人支撑着饼子摊。和面揉面、配料打饼、烘烤售卖,一条流水线他从头忙到尾,整个店里的员工数他起得最早睡得最晚。不过这也有个好处,因为每个环节都需要他去操心,很快他就把各种饼子的整个制作流程和细节上要注意的事项都熟稔于心。当然老板也算是知人善用,把他的工资提到了360块钱,并且是当众宣布的,说这工资比北相镇书记、镇长的都高,全店里的员工没有一个人知道统掌北相镇的一、二把手每月能挣多少钱,但都清楚这是老板在利用人们"重赏之下必有勇夫"的心理给饼子摊上招工。昝国良自己呢,心里也盘算过,这360块钱工资,每天12块,不管刮风下雨,都能照挣不误,而且如果有什么事情,只要前一天稍微费点工,多储备些货,第二天就可以请假的。辛苦是辛苦些,但毕竟离家近,家里有个啥事说回就能回去,美着哩。

昝国良做通了自己的思想工作,心就稳了下来,踏踏实实地打着自己的饼子,这一打就是两年多。在这两年多的时间里,北相镇的主街道是越扩越长,街道两侧的饭店也是越来越多,不光是羊肉泡、胡卜,其他有特色的饭店如雨后春笋般纷纷冒了出来,尤其是"香酥鸡"、"风葫芦"这两种特色菜的名气逐渐把北相历史悠久的羊肉泡、胡卜都压了下去,好多城里面的人都慕名前来品尝。吃过这两种菜的人都会咂巴着嘴,吸溜着口水,啧啧说道:"香酥香酥,又香又酥,皮脆肉嫩,连骨头都是酥的,吃起来根本不用咬,舌头稍微一用劲就碎啦,风葫芦就更不用说,黄亮黄亮,里头的糖丝丝拉得比憨水(涎水)都长……"

昝国良所在的饭店老板虽然是一个农民,但也挺有发展眼光的,他当机立断把饭店转手倒腾出去,开始投资在运城刚刚兴起的涮锅。涮锅方便快捷,素的荤的花样挺多,非常迎合当今年轻人的口味,发展前景应该是充满了光明。

但昝国良的前景却是一片黯淡,因为新接手的老板把饭店转行做了其他,他下岗了。没有360块钱可挣了,昝国良却并不感到很垂头丧气,他觉得在这里自己已经学得了打饼的手艺,"腰缠万贯不如一技在身",这里不能干了,总有地方需要自己干,反正不能长时间地待在家里,要指望从庄稼地里平均每月都能收获360块钱,那可太难了!

一次偶然的机会他又和自己的打饼师傅联系上了,打饼师傅对这个能吃苦又好学的年轻娃还是很有印象的,没有过多久就把他推荐给自己的一个朋友。看在能挣更多钱的分儿上,昝国良这回没有嫌离家远,独身来到这个正在蓬勃发展的小镇杨陵。

杨陵虽小,却集中了西北农业大学、西北林学院、水利部西北水利科学研究所、陕西省农业科学院、陕西省林业科学院、陕西省中国科学院西北植物研究所等诸多高校和科研单位。来自全国各地的工作人员和学生们比当地的居民要多出好多,各地的风味小吃也就在此风生水起。不过西安地区地处内陆,冬季寒冷干燥,热气腾腾、香味四溢的羊肉泡或牛肉泡热身又暖胃,一碗下肚,全身冒汗,所以在各种名吃中还是独占鳌头。泡馍自然离不开饼子,而饼子除了供应泡馍店之外,再抛开其他花样诸如油酥饼、酱香饼、葱花饼先不说,单纯的烧饼夹肉也是非常的抢手。上班的、上学的,早上匆匆忙忙,根本没有时间坐下来细喝慢吃,热乎乎的饼子,外脆内软,香菜、辣椒、小香葱,肥肉不腻,瘦肉不柴,专用的纸袋子一装,拿在手上边走边吃,两不误。

昝国良店里的饼子除了零卖给来来往往的路人,最主要是供应周边机关和学校的餐厅,单是西北农业大学餐厅里叶俊萍朋友的羊肉泡窗口每天就需要200个死面饼子,再加上别的窗口的饼子夹肉和其他花样饼子,光是这里就得400多个饼子。要是再算上给其他地方送的和零卖的量,一天下来至少得打800个饼子,而这个数字已明显不能满足需要了,有好几个地方也想让他送,而且以前送的地方数量上还有要增加的意思。

按说这应该是件好事呀,送的多了自然就挣得多了,可是昝国良却发愁得厉害。店里人手明显缺乏,目前就他和一个学徒工,每天老是4点钟准时起来,最迟6点要把第一批热饼子用三轮车送到各个销售点,第二批热饼子要在11点40左右送到,只有下午3点到4点钟能稍微歇上一会儿,然后一直要忙碌到晚上10点多等把第二天要用的面和好等着慢慢发酵才能喘口气,洗洗涮涮躺到床上就瘫成一堆泥了。这还不说,昨晚老板也就是师父的朋友,又找他谈话了,谈话的内容让他既欣喜又熬煎。

老板在咸阳还开了2个店,平时忙,很少来这里。这天天刚擦黑,昝国良正在忙活,远远就看见老板开着他那辆双排小货车冲了过来。停好车,老板让学徒工先在前面照护着,招招手把昝国良叫到后面的宿舍里。

"不好意思,一天事情忙得,过来一趟还得趁晚上。让你辛苦啦!"老板说着,从随身带的黑包里掏出一叠钱,"这个月你俩各加50块钱奖金,马上就过年啦,等学生娃放假稍微能轻松些的时候出去逛逛。今天是小寒节气,还要最后再冷一段时间呢,抽空给自己买件厚衣服,再买些这里的特产过年时候回去给屋里老人带些。"

老板这么一说,昝国良才想起今天已经是1989年的元月5日了,整天忙得都不知道元旦已过去5天了,今年过年比较迟,蛇年的春节要等到2月6日了。这个老板还算厚道,总是在每月5日前准时发放上个月工资,没有拖欠过,昝国良现在是每个月450块钱,学徒工每个月都260块钱呢。老板看着昝国良把钱数了一遍,塞进内衣口袋里装好,然后坐到床边,掏出一根烟扔给昝国良,自己又点上一根,狠狠地吸了一口,摆摆手说:"国良你坐下,老哥想和你商量一件事!"

这多半年来,老板把生意重心投放在了咸阳,毕竟咸阳城市大人口多嘛,最近又在渭城区的咸阳师范专科学校附近开了一家饭店,加上以前的2个饼子店,这个距离咸阳130里远的店铺,明显感到照护不过来,所以琢磨着想把这个店转让给昝国良。

他帮昝国良计算了一下:目前这个店日销售量大约是800个饼子,但这明显已经满足不了需求,只是因为人手不够打不出来而已。如果能找下人手,销售量起码能达到1200个左右,每个饼子除去成本基本能挣1毛钱,那么一天就可以挣120块钱,即使扣去三四个人的工资和其他开销,利润都还是相当可观的。

昝国良半天没有吭气,他当然知道这是件大事,需要细细地考虑,认真地盘算一下。在这里干了多半年时间了,老板分析的这些情况他很清楚,也明白他说的并不离谱,店里各种用料的采购都是他经手办理的,销售点以前是由老板开发的,但后来他也发展了好些,这些他都有信心稳靠住。只是老板所说的8000块钱转让费他立马拿不出来。这几个月来,他省吃俭用也就才攒了差不多3000块钱,还计划过年的时候回到家交给母亲准备给他说媳妇用呢。

年轻人哪,谁没有成就一番事业的雄心壮志呢?可是雄心壮志的背后还需要好些东西来支撑,比如机遇,比如资金,比如……只要有技艺,机遇迟早会有的,现在机遇有了,可是资金呢,对于像昝国良一样来自农村的年轻人来说,这不是压倒骆驼的最后一根稻草,而是他们迈向成功最关键的一步。

看着昝国良一时半会儿决定不下来,老板连抽了两根烟,干着急也没用,他拍拍昝国良的肩膀说:"这样吧,你再考虑考虑,也可以过年回家和家人商量商量,正月初五、初六给我回个话就行。还有一种方法,就是你可以不用掏转让费,你从我手里面承包,承包费用每年3000块钱,可以随行就市变动。承包费包含店面的房屋租金和工商、税务等等国家管理部门的费用,其他的水、电等等开支由你承担,店里所有的东西你可以随便用,还有就是这个徒弟娃我要把他带到咸阳的店里,那里人手也是缺得厉害。这两个方案你好好想想,选择哪一个都行!"

老板交代完事项后就连夜返回咸阳了,留下昝国良一晚上没有睡好觉。回到家找父母商量也是白搭,父母这年龄这身体,哪能干得了店里的活,也不可能给他借下那么多的钱。再说,这个店如果归自己了,就一定要扩大规模才能挣到钱,要扩大规模就必须再找几个帮手才行。这打饼子挣钱倒是挣钱,可就是太累人了,刚从学校辍学的年轻娃娃都不愿意干,这几年找个学徒工都不容易。但是,不管怎么样自己都要想办法,因为这个店经营到这个地步不容易,绝不能轻易地放弃给他人。

第二天下午,叶俊萍照例趁饼子铺不太忙的时候过来买"牛曲连",看见昝国良两个黑眼圈和一脸倦容,善良又敏感的姑娘吃了一惊,赶紧询问他怎么了。

看到叶俊萍,昝国良突然萌生了一个念头,他见这次是叶俊萍一个人过来的,就把昨晚的事给她一一说了,末了,他盯着她,热切地说道:"要不,你把这家保姆辞了,到这里来干吧。他那里不是才给你100块钱吗?我可以给你出300块。"

叶俊萍愣了半会儿,迟迟疑疑地说:"这不是给钱多少的问题。人家对我挺好的,我总不能好端端的提出不干了吧?再说阿姨目前的确离不开人照顾,我对她的按摩和针灸才刚刚起点作用,必须要长期坚持才有可能出效果……真是抱歉……"

"唉,你不方便……那就算了,我也就是随便说说,没事的!"念头才刚刚冒起便没了希望,昝国良不由得重重叹了口气。

"不过……"叶俊萍看到昝国良垂头丧气的样子,心中又有些不忍,"今年过年我要回运城几天。要不,我回去和我哥我嫂商量一下。我们家的地都承包给人家啦,没有农活,我嫂以前给饭店和工厂都帮过厨,做饭方面的活儿她基本上都会干,打饼子也应该没问题,不像我一点都不会,要干还得从头学。我哥虽然左胳膊受过伤干不了重活,但他骑车送货,买个东西、照护个店里其他零碎事情都还是可以的。你看行不行?"

"行呀行呀!"昝国良一颗坠入马里亚纳海沟的心突地一下又回升向珠穆朗玛峰顶,他喜出望外地说,"你咋不早说呢?你不知道我从昨天晚上到现在就像热锅上的蚂蚁,着急得团团乱转却想不出一个好法子。"

看见昝国良的愁眉苦脸变成了喜眉笑眼,叶俊萍心里也就松了口气。对于是否能成功说服哥哥嫂嫂,她也没有十足的把握,但不管怎样,她决定都要尽最大努力去争取,因为她感觉到,昝国良要是轻松快乐没烦恼了,她便也会轻松快乐没烦恼。

第二章

9

　　腊月二十五一大早,昝国良把店里一切物件拾掇好,让学徒工坐公共汽车先回咸阳找老板,因为学徒工是老板从运城带出来的,他们一起相随着回家,自己则在店里面等着叶俊萍过来。今年腊月没有三十,带上今天离过年也就只剩下5天了,叶俊萍说她已给孙教授和阿姨请好了假,今年过年在家里待10天,过了初五就返回来了。

　　9点多的时候,叶俊萍才匆匆地赶了过来。她身上背的还是自己来这里时的黄帆布包包,又提了一个大纸箱子,说是给母亲哥哥嫂嫂还有没见过面的小侄子买的新衣服,还有孙教授硬要塞给她带回去的一些特产。一路负重而来把她累得气喘吁吁,昝国良赶紧迎上去把纸箱接下了。

两人又检查了一遍店里的物件,电闸关了,房门锁了,卷闸门拉下来锁好,剩下来就是最后一项工作——贴春联。春联是叶俊萍请孙教授题写的,上联是:饼香招引八方客,下联是:人勤汇聚四季财,横批是:生意兴隆。对联内容紧贴小店实际,朗朗上口、通俗易懂又充满了喜气和祝愿,昝国良虽然只是初中文化水平,却也不由得点头叫好。

贴好对联,昝国良肩扛自己的大包,手提叶俊萍的纸箱子,叶俊萍则把两人的小包包背着,挤上开往咸阳的公共汽车,然后再倒车到西安坐火车回运城。

临近年关,车上人特别的多,几乎全是扛着大大小小行李袋和他俩一样的民工。火车一路晚点,到了运城已经是下午5点,夕阳西沉暮色渐起了。出了火车站往南不到500米就是汽车站,两人都要坐发往金井或者车盘两个乡镇的公共汽车,正好可以同行。火车上人挤,汽车上人更挤,到了村口,叶俊萍好不容易下得车来,前脚刚落地,回头一看,昝国良提着行李后脚也跟了下来,这里可是距他村还有三四里路呢!

"哎,你是不是被人多挤得晕头转向啦?"叶俊萍喘过气来,伸手理了一下凌乱的头发,打趣道,"这才到我们村,离你家还有三四里路呢!"

"我清醒得很呢!"昝国良放下手中两个大物件,美美地抻了一下腰,"你这纸箱子可不是个省力的料,我是怕我不下来,你到天黑了估计都搬运不到你家去。"

"哦哦!"叶俊萍才想到这一点,家里人知道她要回来,却不知道具体是哪一天什么时候,也就没法接她。看来眼前这个小伙子虽然外表上粗粗实实,像个愣头青,心思上却还挺细致入微的,叶俊萍心中不禁荡漾过一丝甜意,于是她说:"好吧,那你这个好人就做到底吧!不过……你一会儿就不方便了,你的东西也不少呀。再说,我家在后村呢,这么一送我,离你家是越来越远了。"

"没事,我这两件东西对我来说就是小菜,提着走到我家也不费啥事,我一个大小伙子,就是天黑了也不怕,不像你一个姑娘家。"昝国良把两个大物件照样是一提一扛,迈开步子说,"走吧,把你送到家,我就轻松了。"

叶俊萍家在村子的东北角,小巷里的第二家。冬天天冷,家家户户早早就上了门,在家里面的热炕头上看起了电视,大巷里都没有几个人。到了叶俊萍家门口,隔着窗户能看到房里的电灯光还亮着,昝国良把纸箱子放在门口,拿上自己的东西,向叶俊萍摆摆手就要走。

叶俊萍有些不忍心。

"哎,进家里面喝点水歇上一会儿吧?"她怔怔地看着昝国良,绝大多数时候绝大多数人说这句话都仅仅只是客套,她也清楚天黑了昝国良也着急回家不太可能进她家,可是她实在想不出一个好方法来表达她的感激之情。

"不啦不啦!"昝国良把自己的大包包往肩上一扛,"你家人都准备睡觉了,再说你也坐了一天车,累了,到家赶紧洗漱洗漱就休息吧,我就不进去打扰啦。"

"那……哦,对了,你等一下,我有个好办法。"叶俊萍说着,飞快地叫开了家门,来不及和家人多说话,急急忙忙推出来一辆自行车,推到昝国良跟前说,"你把车子骑上吧,大包包放到后座上,小包包挎到前面,这样省力,你也能快些到家。你不是还要和我哥他们商量明年的事吗? 到时骑过来就行啦。"

叶俊萍母亲、叶运平还有耿小芹还以为发生了什么事情了呢,抱着还没有睡觉的小娃娃都拥出家门来。昝国良一看把人家一家人都惊动了,便再也不好意思推辞,冲着大家点了点头,放好两个大包小包,跨上车子,使劲一蹬,就朝自己村子的方向驰去。

第二天吃过午饭,昝国良就骑上自行车前往叶俊萍家。这辆自行车可能好长时间没骑,有些灰尘不说,链子也干得"嘎嘎"直响。吃午饭前,昝国良专门用热水把车子清洗了一遍,又往车链上滴了几滴废机油,搅了几圈脚踏,转起来就利索多了。出门的时候,秀莲婶不停气地叮咛儿子那个那个啥一定要注意,昝国良正满脑子想着怎么和叶俊萍哥哥嫂嫂商谈饼子店的事呢,见母亲喋喋不休,赶紧跨上自行车说:"呀呀呀,妈,你说的我都知道了,你就不要再多操心了!"脚下一蹬,立马窜出好远。秀莲婶笑骂道:"这死娃,还嫌我啰嗦。你自己要把自己的事当回事,要不光是我干着急能顶啥用?"

昨晚昝国良骑着一辆自行车回到家,父母都很惊奇。吃过晚饭,昝国良用了2个多小时把自己在杨陵这几个月大大小小的事情都说了一遍。父母亲都支棱着耳朵认真地听,父亲关注的是他在那里到底干得怎么样,母亲关心的却是这个借他自行车的邻村姑娘。

昝国良骑着车先到龙居镇上,龙居镇是逢阴历二、五、八集会,今天是二十六,并不逢会,但是临近春节,街上的商店门都大开着。昝国良挑了一个门面大、货物多的进去,买了两盒闻喜煮饼、一条红梅香烟、一瓶杏花村酒,又让售货员选了一身1岁多娃娃穿的棉衣裤,包装好挂在车头然后直奔叶俊萍家。

叶俊萍想着昝国良今天会来,但没想到他买了这么多东西,她脸一下红得像个灯笼,紧张得都不知道该怎么招呼他是好,心里恨恨地只想骂他:"死国良,你到底想干什么呀?"

昝国良却憨憨地笑:"这不快过年了嘛,第一次进别人门还能空着手?再说明年还要指望运平哥和嫂子帮大忙呢!"一边说着,一边开始逗起耿小芹胳膊弯里的小娃娃,小娃娃见了生人一点都不害怕,反而咧开嘴"咯咯"笑了。昝国良随手把两张崭新的十块钱塞到小娃娃怀里,说:"小胎娃见我都笑了,说明我长得还不难看,没吓着他。"几个大人便一起被逗笑了,屋里的气氛登时变得轻松起来。

叶俊萍倒上茶水,让哥哥嫂嫂和昝国良坐下来谈正事,自己则抱过小侄子和母亲到其他屋里了。天快黑的时候他们才商讨完,昝国良婉拒了一家人留他吃晚饭的好意,说母亲肯定已经做好饭在等他呢,再不回去母亲就要着急了。耿小芹见状,便建议让叶俊萍骑上自行车送昝国良一下,免得他走着回去费时间。

昝国良推着自行车,叶俊萍厮跟在边上,到了巷口,昝国良看看四周,低声问:"我载你吧?"叶俊萍佯嗔道:"废话,你这么大个子,我哪能载动你?"坐上后,叶俊萍问,"你们谈了一下午,说得到底咋样了?"昝国良"唉"地叹了一口气:"你哥说和你嫂再商量一下。"叶俊萍心里不禁"咯噔"了一下,却听他接着说道,"不过,我觉得搞定了!"

两人说着,不觉就到了姚逞渠跟前,昝国良停下车来,说:"行啦,翻过姚逞渠就看见我家啦,天黑啦,我就不邀请你到我家坐啦。你赶紧回吧,免得你妈他们在家操心。"

叶俊萍骑车回到家,就听见嫂嫂、哥哥还有母亲在大声说着话,一进到屋里头,嫂嫂耿小芹就冲着对她说道:"萍萍,你真有眼光,找的这个女婿可真不简单!"叶俊萍啐了一口:"你们瞎说什么呀,谁说人家是我女婿了?"脸一下又红了。

耿小芹嘿嘿笑着说:"那还用人说? 明眼人谁都能看出来。你昨天晚上急里慌张推的自行车几个月都没人骑过了,落了一层灰,你不看今天人家小伙还回来的时候把车擦得有多新。最重要的是人家今天上门买的这东西,有老年人能吃的煮饼,有年轻人应酬用的烟酒,有小娃娃穿的棉衣服,老老少少都给你考虑得周周全全,一个大男人家心思能这么细致,要不是对你有意思了那才怪了呢? 现在又不是正月,谁规定进别人家非要带些好东西？你让咱妈和你哥说说，看我分析得有道理吗？"

其实叶俊萍心里又何尝不清楚，她只是不好意思罢了。刚才骑车回来碰见西边邻居、巷口第一家的张婶，张婶笑眯眯地说："萍萍，在西安城待这么长时间就是不一样了，漂亮多了，找的女婿都长得这么排场！"窘得她不知该说什么好，胡乱应付了几句赶紧逃回了家。

叶俊萍走到耿小芹跟前，轻轻搡了她一下，"哎呀，嫂子，你们说正事嘛，人家跑过来和你们商量了一下午，你们到底是咋想的呀？"

"这可是个大事呢！"耿小芹把已经睡着的孩子递给坐在炕里面的婆婆，找了个板凳和叶运平、叶俊萍围着坐下来，"娃现在稍微大些能离手了，我和你哥正想找个事干呢。不过我就是想问问你，听说他的饼子店离你所在的大学不远，你感觉饼子店的生意真像他说的那样红火吗？"

叶俊萍点点头，"确实红火。我经常去他那店里买一种叫'牛曲连'的圈圈饼子，很少见他清闲过。他那店主要的不是靠零卖，而是给学校、机关的餐厅里送，用量要大得多，每天固定都有好几百的呢，还有好几家想叫送却没有人手，打不出来也没时间送。"

"哦……要是这样,那就可以干。"耿小芹思忖着说,"打饼子以前我也学过,你哥可以在那里干点零碎细琐不是很费力的活。关键是我想那里的饼子生意既然那么红火,应该把店规模再扩大些,买个和面机,完全靠人工费死劲啦。"她对着叶运平说,"运平,要不咱们从榨油厂赔你的钱里面拿出一部分,和昝国良商量一下,给他店里添些设备,咱和他按比例分红,你看行吗?"

"你觉得行就行,你觉得怎么来着好咱们就怎么办。"自从手臂致残以后,叶运平一度心灰意冷,家里许多事情都是耿小芹做主的。时间长了,他觉得耿小芹在待人处事各个方面的确是有能力、有办法的,也就索性把大大小小的事情都交由她来处理。"反正萍萍又不是外人,她还能骗咱们? 只是娃怎么办,毕竟才一岁,留在家里咱妈一个人哪能招呼得了?"

"哦,你说的这也是个大事。"耿小芹沉思了一下,扭头对叶俊萍说,"萍萍你不是说杨陵就是个镇吗,人家户应该也不少的,咱们不行就在别人家里租个地方,咱们全家都过去,反正咱家里的地全承包给人家啦,村里队里的事情咱都可以不用操心。妈给娃带着跟着咱们有个啥照护起来也方便,再说了,这样离你也近,咱妈也就不用天天作念着想见你了。一举三得,你看怎么样?"

叶俊萍频频点着头,国良面临的大难题解决了,哥哥嫂嫂也有钱挣了,母亲和亲亲的小侄子也能时常见了,这是多么好的事情呀!叶俊萍不禁对这个同龄的嫂子佩服得五体投地,"嫂子,你太能干了!这好几个大难题,你一下子就全解决了,咱家里我最服气你了。"

"呵呵!"耿小芹笑起来,"主要是你找的这个女婿能干,给咱家提供了个这么好的机会。我和你哥就是下死苦的,主要还是指望你。我看这个昝国良人长得还可以,壮壮实实,又会来事,这生意应该前景不错,大有'钱'途的。你赶紧抓紧时间把他搞定,咱们成了一家人,这合伙生意就更好做了,他挣的钱还不都是你的啦!"

"哎呀呀,嫂子,你又开始逗我了!"叶俊萍粉脸含羞,伸出脚轻轻踢了一下耿小芹,心中却不禁泛起了自己甜蜜的小心思来。

第三章

1

小径红稀,芳郊绿遍。高台树色阴阴见。春风不解禁杨花,蒙蒙乱扑行人面。

清明时节的一场细雨,给持续升温的天气带来了一丝凉爽,也给头脑昏沉心浮气躁的高三学生们送来了几分清新。解州中学的操场上,小草们已冲破泥土和沙石,编织成团团片片的绿茸茸地毯,南侧高台上的麦苗也早已葱葱挺拔,碧浪起伏。

即便,春风万缕能萦回那如梦般的岁月,但柳丝千条,却仍系不住飘远的伊人红衫。泠泠秋月,把多少佳期照进梦里?潇潇春雨,把多少思念织成故事?尽管绿肥红瘦处的记忆一如当初,却毕竟又是一年芳草绿!

绿色,确实是一种可爱的色调,它是生命的颜色,象征着青春和活力,也预示着希望和未来。经过秋的播种、冬的积蓄,希望的种子终于在春的日子里萌发出绿色,期待在夏的骄阳下硕果累累。

今天,距高考还有整整90天!

赵洋站在高台上的麦地边,长久地凝视着这片沁人、醉人、清人、怡人的深深绿色。他的脑海里乱糟糟的一片,有刚才还在思考的数学题,也有笑靥如花的姚晓云,在这高考压力越来越大的此时,他竟然连续好几个晚上一直梦见姚晓云,却总是看不清她的表情,一觉醒来也记不得和她到底都说过些什么。

也许这和经常碰见姚晓雨有关系吧?姚晓雨和李百灵已经决定参加今年的高考,并且经过李茂林的运作成功地报上了名。每个周六下午,她俩都准时从运城骑自行车回到解州中学,让李茂林给她们补数学,数学可是门大学科,120分呢,而且她俩都是理科生,数学考的难度还要比文科更大些,所以需要花费更大的功夫。赵洋呢,到了这个时候,他当然也不敢掉以轻心,放星期的时候,没啥重要的事情他就不回家,需要取馍馍和咸菜的时候,他也是回到家装上后就返回学校了,家里没有学习的氛围和条件。

在学校,有王红雷和他一道复习功课,商讨着学习。王红雷脑子极好,尤其是数学学得特棒,所以有时候碰到事情忙,李茂林便会把李百灵和姚晓雨打发过来找王红雷解决问题。其实,学生给学生讲题有许多好处,因为他们年龄相近,想法思路也就比较一致,更容易沟通交流。

除去学习,姚晓雨偶尔也会和赵洋聊些其他,但都小心翼翼地避开了"姚晓云"这个话题。也许是在这个重要的节点上不想让他心中再掀起更多的波澜,但情感这个东西,又岂是说控制就能控制得了的。

> 原想这一次远游
>
> 就能忘记你秀美的双眸
>
> 就能剪断
>
> 丝丝缕缕的情愫
>
> 和秋风也吹不落的忧愁
>
> 谁承想　到头来
>
> 山河依旧
>
> 爱也依旧
>
> 你的身影
>
> 刚在身后　又到前头

这首名叫《剪不断的情愫》的小诗,是赵洋在一本文学刊物上看到的,一个名叫汪国真的年轻诗人所写。那优美而又忧伤的诗句深深地打动着赵洋的心。这一段时间,每当他学得头昏脑涨或是心烦意乱的时候,他就来到操场上,一个人站在这里,默默地在心中把这首诗吟诵一遍,再长长地舒上几口气,便登时能觉得心胸通畅了,头脑清爽了,一切郁闷和不快瞬间都烟消云散。似乎是姚晓云站在远方正遥望着他,梨涡浅笑、秀眉轻颦,为他宽心给他鼓劲呢。他便面对着西北方向,肃然站立,抱拳施礼,还一个会心的微笑。

一旦数着日子过,时间就流逝得飞快。晨昏交替中,菜花谢了,洋槐败了,操场高台上的麦子什么时候黄的、什么时候被人收割的,赵洋一点都不知道。父亲提前就给他说了,今年家里收麦子不要他操心。前一阵子给学校餐厅交面粉的时候,父亲让他一下子就交了100多斤,吃到高考的时候应该是没问题了,又专门多给了他20块钱生活费,说没啥要紧事,就不要来回往家里跑,抓紧时间好好复习,争取考上一所学校,家里面好歹还没有出过一个大学生呢!

20块钱,一张10块,一张5块,剩下的3张是两张2

块和一张1块,花花绿绿,皱皱巴巴,但是父亲的手比钱更皱巴!

解州中学面朝中条山,紧邻北门滩,冬天呼啸的寒风彻骨冰心,夏天猖狂的蚊子遮天蔽日。晚上上自习时,教室人多太热必须要开窗,单层的窗纱根本挡不住蚊子的进攻,何况教室门本就是敞开着,成群结队的蚊子蜂拥而至,可能是下面汗气蒸腾,它们先是成片地围在日光灯管前嗡嗡乱飞,待到下自习学生走得差不多了便盘旋着飞舞下来,所以下了自习要想再多学一会儿是万万不行的。回到宿舍,人声鼎沸的,蚊子一时间还不是很多,但躺下来稍微安静一些,蚊子们便摸索着寻了过来,天气再热都必须遮盖得严严实实,包括头和脸都不能露在外面,有些学生想用材质比较纱的背心蒙住头脸以便呼吸,却往往被蚊子钻了空子。这里的蚊子个头硕大,嘴巴又细又长,还有一种黑蚊子,精瘦精瘦的,个头不大,但叮起人来乍疼乍疼,起的疙瘩好几天都消不下去。

只有凌晨三四点的时候,天地间才能安宁上一会儿,气温临近了一天中的最低值,蚊子们可能也折腾累了,躲在不可知的角落里偃旗息鼓了。赵洋常常就是在这个时间点上起来了,因为这时候万籁俱寂,天清气爽,即便是在昏黄的路灯下,也没有什么蚊子来叮扰,正好可以记一记高考的知识点。文科生嘛,背、记这些基本功是必须下的,黎明的曙色,就是在他每天一遍遍的诵读中悄然而至的。

东方发亮后,住宿的师生们开始起床了,走读的学生们也陆陆续续进入校园,宁静便渐渐被喧闹所打破。这个时候,赵洋便把书本收拾了放回教室,到水龙头跟前冲一把脸,也不用擦,凉凉的正好醒脑。高三年级进入6月后也不要求统一出操了,他便自己出去活动活动,不跑很远,到了去常平的十字路口就开始往回返。

大路上早已热闹起来了,来来往往的车辆"咚咚咚"响着穿梭而过,想趁凉快去地里干会儿活儿的人们扛着提着各样农具,或骑车或步行,行色匆匆。赵洋照常在坦克部队军营里的运动器材上活动了一会儿,然后开始慢慢地往学校走。

远远地他看见学校门口停着一辆手扶拖拉机,很眼熟的那种,再往近走,哥哥赵海正站在校门口向里面张望。

"哥,你怎么来啦?"

赵海回过头,看着弟弟,"哦,你出去跑步了,我还以为你在学校里呢。这不是马上你们就高考啦,平时忙得也没时间看看你,今天正好过解州,就过来转转,顺便给你送几个西瓜。"

这几个月轧花和榨油都是淡季,零零散散的活,也不需要多少工人,赵海便琢磨着找点其他事干,叶运平过了年后去了陕西杨陵,现在想干个什么也没人可以商量。前几天听人说永济虞乡农场有西瓜批发,便寻思着弄上一手扶车到运城闯闯市场。虞乡农场在解州以西,距龙居镇大约有六十来里路,手扶车跑得慢,赵海半夜一点多就出发上路,过车盘、绕解州,沿着运永线到了虞乡农场将近四点,天还黑着呢,但西瓜批发点却是灯火通明,来自各地的大小车辆早已围了一堆。货抢手,想批发就得来早呀!

赵洋看着哥哥,兄弟两个只差3岁,但过早步入社会的赵海显得格外成熟,甚至有些苍老。作为四口小家的一家之主,想要让妻子和一双正在成长的儿女能过上幸福的小日子,他也是绞尽脑汁想着法子挣钱。还有日益年迈的父母,他的确感到心有余而力不足了,弟弟上高中以来,他几乎都没有一次过问过弟弟的学习情况。今天返回来路过解州,他才想起在此上学的弟弟已是高三了,马上就要高考了。

赵海从车上取下一条编织袋,让赵洋把口撑开,他挑了几个又大又圆的往里面装。赵洋却顺手把编织袋一折叠放回车上,说:"哥,你给我拿一个就行了,多了我也没有地方放,再说天热也不能放。现在西瓜还挺贵的,你能多卖一个是一个。我也不用浪费编织袋了,用手抱回去就行了。对了,咱爸他们麦子都收完了吧?什么时候轮到咱们交公粮?要不我请上半天假,粮站粮食堆那么高,咱爸他肯定不行。反正高三学到现在基本就定型了,也不在乎这么一半天。"

"这个你不要操心!"赵海从挑拣下的西瓜里又选了两个最大的,"你说不好放我就给你少拿些,给你拿两个,一个人吃不了可以和红雷还有其他同学一起吃嘛,这不快毕业了,你们在一起也没有几天时间可待了。咱爸他们的麦子都收完晒好了,我交我的公粮时把咱们家的一起捎上就行。你现在一切杂事都不要考虑,全力以赴高考。谁说现在你们就已经定型啦?'临阵磨枪,不快也光',能多学一些,机会肯定就会多一些。哥这一辈子就是这个样子啦,咱家的希望还是在你的身上,你一定要好好努力,当一个大学生,给咱爸咱妈脸上增些光彩。"

赵海一边说着,打开手扶车的工具箱,拿出一个黑皮革包,拉开拉锁,掏出了两张纸币,"哥这几年也是张结的,从来没有关心过你的学习,这20块钱你拿上,这段时间要吃好,学习费脑子,营养就要跟得上才行。"

赵洋赶忙一把推开,"我有钱呢,咱爸上次给我拿的多着呢。"

"咱爸给的是咱爸给的,这是哥给你的,不一样。高考不是还要去运城考吗? 那还要交钱的。"赵海把钱折叠好,塞进弟弟的衣兜里,拍了一下他的肩膀说,"这车西瓜卖完还不挣它个五六十? 我看了,这一阵子,西瓜生意还能干,差不多着呢!"

赵洋默默地点了点头,从小哥哥就是他的守护神。他跟着哥哥一起上学,一起玩耍,一起去地里面干活,一起到姚遏渠摘酸枣,每一步成长的足迹都少不了哥哥的陪伴。兄弟俩的关系是格外的好,十几年的时间里从没有拌过嘴、红过脸,比起其他家孩子之间的吵闹纷争,兄弟俩的亲密常让村子里的人赞叹。哥哥成家以后,随着侄女侄子的出生,负担更重了,事情更多了。他和嫂嫂农忙时经营地里的庄稼,农闲时在厂里面打个工或者干个其他零碎活,日子也过得紧紧巴巴的。赵洋感觉哥哥这一段时间明显瘦了好些,一路开车风吹得头发凌乱,胡子也应该是好几天没刮了,有些拉碴。以往哥哥要比他高出好多,但不经意间他的个头都快赶上哥哥了。

"哥,你稍等我一下,我马上就过来了。"赵洋说着,转身飞快地跑回了学校。赵海正在发愣,两三分钟的时间,赵洋就迅速地跑了回来,他把手里提的塑料袋挂在手扶车的驾驶座边上,说:"现在学校正是吃早饭时间,你起得那么早,一路赶路到这会儿肯定都肚饥啦,你饭量大,我给你买了三个馍夹菜,你在路上趁热吃了,也省得耽误你时间。"

一年一度的高考说到就到了。

进入七月以来感觉温度一下又升了好多,天气预报说高考期间通通都是晴天。《诗经·国风·豳风》中说"七月流火",本来是说在农历七月天气转凉的时节,天刚擦黑的时候,可以看见大火星从西方落下去。但现在人们通用的阳历七月却是中国大多数地方一年气温最高的时候,所以"七月流火"在大多数人的意识中,并不是"火星滑落",而是"火焰四射",炙烤着世间的万般生灵,尤其是诸如赵洋这些千军万马争过独木桥的高三学子,一个高考已让他们焦头烂额,还要面对一个"天烤"!

解州中学的考生们也被安排住在位于红旗街的运城市第二招待所,赵洋和王红雷的考场都在运城中学,同姚晓雨、李百灵中考时的考场盐化中学一样,都位于解放路上,但是距"二招"近了好多。运城中学主要是文科生的考点,姚晓雨、李百灵她们理科生也许就在本校考,因为康杰中学是个理科考点。

8日一大早就出奇的热,吃个早饭全身都冒汗。早上考的数学是赵洋的弱科,眼看就要到交卷的时间了,他还剩三道大题没做呢,头顶电扇"咯咯吱吱"地扭着身,窗外知了声嘶力竭地扯着嗓子,尤为过分的是不远处建筑工地上的机械也在助纣为虐地不断轰鸣着,赵洋头上不由得涌出层层密密的汗珠,那一刻,他切实明白了什么叫"心急如焚"。

走出考场,太阳高度角正接近一天中最大值。校门口簇挤的人群中,没有找见王红雷,赵洋却一眼看见了站在自行车旁边的父亲赵广厚,他赶紧走了过去。父亲先给他递过来一瓶冰镇的水,关切地问:"怎么样?都写上了吧?"赵洋强压住心中的沮丧,点了点头说:"没事,好着呢!"也许是父亲看到他一脸的疲惫,便说:"那就行。天热,你要多喝水,我把刚买的这几瓶冰镇的水全部留给你,你妈还给你拿了一条毛巾,热了勤擦着。吃完饭赶紧歇会儿,我就不耽误你时间了,我先回去啦。"

从家到这里大约有四十里的路,想着父亲要在烈日下骑几乎一个小时的车才能回到家,赵洋心中禁不住一阵煎烤,他把喝剩下的水泼洒在脸上,长长地吐了一口气,剩下的几科,一定,一定要考好!

第三章

2

　　高考后的等待,是焦急而漫长的,想知道却怕知道高考成绩的心情让每个考生都无法静下心来默默地待在家里。当前地里面最主要的庄稼就是棉花,正处在吐蕾结铃时期,赵洋接连喷了两天的农药,暂时就没有什么农活了。吃过早饭,按照高考前和王红雷商量好的说法,给家人打了声招呼,骑着自行车直奔西姚。

　　西姚乡位于中条山下,盐湖南侧,向西和解州之间夹着蜀汉名将关羽的老家常平乡,向东和夏县之间夹着相传跟蚩尤和东郭先生有关的东郭镇。前些年人们在这里的中条山发现了金矿,虽然品位还可以,却都是小型矿,而且开采的难度大,当地人就采用了一个最简单最原始的方法来淘金:把含金的矿石先用粉碎机粉碎成砂状,再制作一个阶梯式的金溜子,把矿砂放在溜子上,然后用水泵从最高的溜子上向下冲洗。不含金的砂子比重较轻,会大量地被水冲走;含金的砂子比重很大,会滞留在溜子上人们收取剩余的金砂,再拿去熔炼,获取金子。

把含金的矿石运到山下有粉碎机的场所是一个重要的环节,也是一个艰难的过程。因为矿石埋藏在深山大沟中,通往山外的路径都是些羊肠小道,弯弯曲曲、横七竖八地穿梭在荆棘丛生的荒山陡坡之间。有的地方高悬半壁细如一线,有的地方深陷谷底乱石丛生,别说车辆,就是牲畜经过也都惊险,所以开采出的矿石只能靠人扛着、背着向山外边搬运。那种提斗型的筐筐最好,口大腰长,用豌豆粗的钢丝从底部绕过,在口沿边缠上两匝,然后折弯成背带状再和底部相连,这样就结实多了,作为背带的钢丝用厚厚的棉絮先紧裹一遍,外面再用一层帆布扎实。矿石重,筐筐装个七八成就有七八十斤,不能太满了,两只手必须腾出来,一路上上下下要有个照应。大大小小的金矿石就是这样从深山里面背了出来,报酬是一吨40块钱。

40块钱,这可是个不小的诱惑呀!连家境颇不错的王红雷都动了心,他把这赚钱的好消息在高考之前就告诉了赵洋,赵洋估算了一下,按照自己这体力,一天背上个半吨矿石应该是没有问题的,那么从高考后到成绩下来这十来天的时间,自己就可以挣上二三百块钱呢,不管将来复习还是上大学都少不了花钱的呀!不过,他没给父母说要上山背矿石,他编了一个谎,说是王红雷的父亲给他俩在供销社找了个临时工,活儿很轻松。

赵洋骑到了王红雷家,王红雷早就在家等着了。王家的院子很大,王红雷单独住在一个房间里,赵洋把自己带的换洗衣服放在宽大的炕上,喝了些水,两人便骑上自行车出发了。那个收购矿石的地方在四五里远其他村子的山脚下,一家废弃的院子内。王红雷的一个亲戚把他俩介绍给了矿场老板后,两人便各背了一个筐筐,跟着亲戚顺着山口向里面进发。

虽然才八点多,但火红的太阳已开始喷射出烈焰来,两个人都戴了草帽,穿着长袖衣裤,既防晒也是为了预防被石头和杂草划伤。没进山时路上稀稀拉拉还有几棵树,越走越荒凉,放眼望上去,满山遍野都能看见矿洞,凡是有帐篷和铁皮活动房的地方就是洞口。逶迤曲折的山道上,一溜一溜背着矿石的人们在艰难地行走着。半山腰上,不知谁家的矿洞正在放炮,"嗵——

嗵——"地连连作响,震耳欲聋!

尽管还没走到主家的矿洞跟前,赵洋和王红雷已经汗水涔涔了(其实这天气你即使坐着不动也是要出一身汗的),但两人劲头挺足,兴趣挺浓。说实话,他俩都没有见过金矿石,赵洋问王红雷应该怎么辨认金矿石,王红雷说听别人说可以拿块白瓷砖在矿石上面划,看颜色,自然金常带红色,越红越好,意思就是越红品位越高,自然是越好,也有人说可以用火来烤,因为真金不怕火炼。赵洋便想着在这里干上几天,先不说挣钱多少,要是能捡上一块高品位的金矿石那就好了。

从矿洞里采出的矿石就堆放在边上,有几家还放着狼狗在看守着。王红雷亲戚干活的这家矿洞规模挺大,里面闷热闷热的像个蒸笼,干活的工人只穿个大裤衩都还是满头满脸地汗流不停。听亲戚说还有的工人连大裤衩都省了,就只留个三角裤头,反正这漫山遍野都是大老爷们,谁不知道谁是啥样?赵洋和王红雷看着听着都不禁心里发毛,幸亏没有选择干这个。

实际上眼前这满山遍野,没有一样活儿是轻松的。矿洞里闷热是闷热,但阳光照不到,采矿的工人隔一会儿就出来透透气,用湿毛巾擦一把,而外面背矿石的人,则完全暴露在烈日之下,而且矿石筐子一旦背起,轻易不敢放,一是路上很少有平坦的地方可以放,再者若是单独一个人,一旦放下,单靠自己很难再背起。所以刚开始时,亲戚让他俩都不要把筐子装满,装个五六成就行,而且让两人一开始在路上先慢些走,相互照应着。

王红雷平时几乎不干农活,长得也瘦小一些,他主要是为陪伴好朋友赵洋,才一起进山背矿石。他的筐子里装了一半,赵洋的筐子里装了七成多,一开始两人都没觉得什么,路上还说说笑笑,不时踢出土里面一块石头,看看是不是能碰上好运气。矿洞距收购的地方直线距离大约不到4里,但上上下下左拐右拐就绕得远了。有一截路要从一个水潭边的悬崖壁上经过,不到半米的宽度,两人只能侧着身,双手紧抓凸出的石块,小心翼翼地一步步挪过去,还有一截路是先上到半山腰再往下走,这里主要是石头山,土层瘠薄,长不了大树,却遍地是杂草枣刺,粘得满裤腿草籽倒无所谓,被枣刺划一下就麻烦了,汗水一浸泡,生疼生疼。

前两趟两个人速度都还可以,总共用了不到一个小时。到了第三趟王红雷就有些吃不住了,汗水顺着头发直往下流,气喘得更厉害了,他冲赵洋摆摆手让他先走,说自己在后面慢慢来。赵洋找了个稍平的地方放下自己的筐子,下到沟底把毛巾在溪水里浸湿,上去擦拭王红雷满脸的汗水,又把毛巾搭在红雷脖子上说:"不着急,慢慢来,咱俩又不是非要挣多少钱不可,累了就歇一歇,咱俩厮赶着,相互好照应。"

第一天两人干了七个小时,早上干到12点,然后骑车回到王红雷家,红雷母亲把饭早就做好了,两人吃完饭稍微歇一歇,下午从3点干到6点,因为6点以后草丛里蚊子们就倾巢出动了,这些赤膊露体的男人们哪里能招架得住,只有纷纷撤离。两个人一天下来总共背了将近一吨矿石,虽然每次都是赵洋背得多王红雷背得少,但赵洋坚持两个人合在一起算,这活儿是王红雷帮着给找的,又需要在人家家里吃住,不这样合在一起算赵洋觉得自己心里是怎么都不会踏实的。

回到家,两人美美地冲洗了一顿,吃了饭,躺在炕上,四肢摊开,动都不想再动一下。王红雷侧着头,斜眼看着赵洋说:"这真不是人干的活,比割麦脱粒累多了。我感觉自己都快要瘫了,你说咱俩明天早上能起来吗?"

"哦!"赵洋赶紧爬了起来,"你这么一说还提醒了我,现在还不能马上就睡觉,咱们平时没有干过这么大强度的活儿,肌肉一下子哪能受得了,必须按摩按摩揉揉捏捏,要不然明天肯定腰酸腿胀胳膊疼。"

两个人强打精神坐起来,赵洋先给王红雷按,王红雷再给赵洋揉,反反复复折腾了半个多小时,两人都累得实在没劲了,于是作罢停歇。

村子里的清晨是沸腾的,鸡鸣狗吠,羊咩猪哼,大队的喇叭广播着村里的"早间十分钟",巷里的大小车辆开始奔赴田间地头,热闹得叫你根本睡不成懒觉。不过天热太阳毒,村里人早早起来都是想趁着凉快到地里干些活儿。赵洋和王红雷也是这样想的,两人挣扎着起了床,果然是全身上下地疼,尤其是两边肩膀,背带勒的地方皮肉火辣辣的,赵洋看了一眼王红雷,王红雷一咧嘴,说:"没事,好歹咱还是村里长大的,还能成了温室里的花朵?干上一两天就适应了。"

昨晚的按摩多多少少能起点作用,两人又到院子里活动了会儿胳膊腿,感觉舒服了些,便开始吃饭。吃完饭戴上草帽,把毛巾在水里浸湿往脖子上一缠,跨上自行车抓紧时间奔赴矿场。

第三章

3

这一天下午,赵洋和王红雷一人背着一筐矿石刚刚走出山沟,正准备找个平整的地方放下来歇息一会儿,忽听得前面一阵杂乱,一辆黄色的巨型铲车从远处"轰隆隆"地开了过来,后面还跟随着一大群身着制服的人。两人意识到有事情要发生,但正在胡乱猜想之间,庞大的铲车已堵住了去路,十数名荷枪实弹的武装警察将两人及其他陆陆续续的背矿者登时团团围了起来。一个穿着白色短袖的中年男人手里提着一个扩音喇叭,在一帮人的簇拥下,站到一块大石头上,对着山里面大声喊了起来。

山谷里回音很大,那个男人喊叫了好几遍,赵洋才听懂了大致意思,就是目前村民们这种行为属于非法采矿,政府组织公安、国土、环保等部门联合执法,要对他们的矿洞和矿石进行查封,并限令山上所有人员在两小时之内全部撤离,铲车将对出山口进行封堵。

这些气喘吁吁汗流满面却又呆若木鸡的背矿者们,茫然而又无奈地把背筐里的矿石在路边集中倒成了一堆,背着空筐子垂头丧气地依次走下山去。赵洋和王红雷回到收购矿石的院子前,看见大铁门上已上了一把大锁,两条呈交叉状的白色封条紧紧地贴在上面,早已不见了老板人影。

矿石没有背回来,但筐子还是要送还人家的呀,而且最关键的是,从开始干到现在,工钱一次都没有结算过。因为有亲戚那一面,王红雷也就没有催问过工钱,只想着这一段干完后老板很快就能给付的,可是,眼看这场面,矿场被查封了,老板也不见了踪迹,这十几天累死累活的血汗钱,还能有希望讨要回来吗?

一想到这些,两人都不禁觉得万念俱灰。这十来天之所以能忍受烈日毒晒、蚊虫叮咬和全身上下无处不在的疼痛,背着沉重的矿石在这荒山野坡上来回跋涉,就是每天能有20块钱左右的收获在激励着他们。因为他们已经逐渐长大,需要花钱的地方越来越多了,他们也应该依靠自己的能力为家里分忧解难了。可是为什么，为什么会是这样的结果呢？

两个人去找了王红雷的亲戚，亲戚正在家里生闷气。老婆因为他作为家里的主要劳动力白白干了好多天却一分钱没拿到把他骂得狗血淋头刚刚才停歇。赵洋见状，拉了拉王红雷后襟，示意他"回去吧，不要再火上浇油了"。王红雷握了一下赵洋的手表示同意，却没有走，他走到亲戚的老婆（他应该叫表妗的）跟前说："妗妗，你别生气。这事情谁都没有料到，山上百十号人都是这个样子，我舅和我俩都还叫好着呢，就只搭赔个人，开矿的那些人投资了那么多钱现在还不是全部教查封啦？一分洋都拿不回来了。我俩过来就是看看我舅，场门已经封条贴了没法进，我们把空筐子先放你这里。我舅要是见着老板了，尽量问他要工钱，实在不好要了就算了，也没有多少钱。妗妗舅舅，我俩就走啦，你们不要生气啦，干啥事情没有个意外呢！"

表妗依然沉着脸，却不好再发作了，哼了一声忙其他去了。表舅送他俩出门，叹着气说："以前政府也说过不允许乱采矿，但从来没有见过动这么大的阵势，老板也被逮进去了，不知道啥时候能放出来。不过，我尽力向他把工钱要下，我的也不少呢。"

表舅说最后一句话时明显底气不足,赵洋和王红雷心里也明白,政府已经把人拘留了,矿石也被查封了,工钱要是还能要下来那真是一个奇迹了。只不过两个好朋友之间却互生疚愧。

"赵洋,真是抱歉。我叫你来本来是想让你挣些钱,谁知道白白受了这么多苦却落了个这样的结果。唉!"通向王红雷家的路上,两人慢慢地骑着车,反正明天也不用早早起来干活了,全身放松了下来,肩头不觉得疼了,但心劲全无,脚下的车蹬死沉死沉的。

"哎呀,咱俩之间还用说这话?突然出现这事谁能预料得到?再说还不是我连累了你,本来你完全可以不用下这苦的,我觉得最对不住的是你妈,整天辛辛苦苦一天三顿给咱们做饭,咱们却连一分洋都没有挣下。老天真是他妈的瞎眼了!"

埋怨归埋怨,叹气归叹气,但活生生的现实两人谁又能改变得了?躺在炕上,两个人还是心气难平,王红雷便把家里的收音机拿过来,想胡乱听个东西解解烦。随便拧了一下,收音机里突然传出几个高考的字眼,两人吃了一惊,细细调了调频道,音质清晰起来,这是教育频道,里面明确告知,高考分数已经下发到学校了。

两人的心情一下子又绷紧了,天哪,到底会考个什么样子呢？大学难考呀，尤其是文科，班主任李茂林当着全班学生的面说过，当今大学理科的录取率是1/5，而文科则是1/10。李老师的本意是想激励学生，变压力为动力，但也因此吓住了不少人。王红雷学习不错，尤其是文科中最难的数学，但他还是说自己心中没底。赵洋就更慌了，尽管他平时也学得挺刻苦，但老天会眷顾他吗？

两个人在忐忑不安中度过了一个夜晚。第二天天刚亮，两人又像往常一样早早起来了，饭也没有心思吃，跨上自行车直奔解州中学。

学生们全放暑假了，往日喧闹的校园在一片蝉鸣声中显得分外宁静。赵洋和王红雷刚进校门，碰上班上的一个同学迎面骑车过来，那同学骑得飞快，抬头看见他俩，给了一个笑脸算打招呼，擦身就过去了。这一笑让两人有些发怵，这个同学平时学得也不错，这个笑是在表示他自己考得不错，还是在祝贺他俩或其中一人考得可以？

两个人揣着"嗵嗵"直跳的心来到班主任李老师房门前，正要敲门，李百灵从里面窜了出来，看见两人吓了一跳，大声说："是你俩呀，怎么现在才来？"又看了他俩一下，声音更惊奇了，"你们最近干啥了？才多长时间没见，咋晒得像黑炭一样？"

王红雷"唉"了一声说："别提了,一言难尽。你现在干啥去?"声音低下来悄声问,"哎,你知道我俩的分数吗?"

李百灵吐了一下舌头,侧头哼道:"我当然知道,但不想告诉你。房里没人,你俩进去自己看吧。我呢,和晓雨约好了,现在要去康中查看我们的分数。拜拜,回来再找你们算账!"招招手就跑远了。

今年山西省本科录取分数线是473,王红雷分数是班上第一,也是学校第一,495分,赵洋刚刚超过分数线一点点,476分。天可怜见,终于网开一面,没有让两人再一次承受打击!

两人抬头相望,彼此眸子里分明都是满满的欣喜和欢乐,却在那一刻同时涌出了晶莹的泪水。从昨天下午到现在,两人忍着满腹的失望和满身的疲惫,强打着精神,到了这一刻却再也无力支撑,像稀泥般地瘫软在椅子上,泪流满面。

班主任进来了,两人赶紧擦擦眼睛站起来。李茂林给两人倒了水,告诉他们班里就是他俩达到了本科线,刚才校门口碰见的那个同学够了专科线。全班达线一共是2个本科5个专科,而另一个文科班只有1个本科3个专科达线,学校对他们班的成绩还是比较满意的。

三个人聊了一会儿,这时又有学生陆陆续续进来查看分数,赵洋和王红雷便起身告辞。到了校门口,两人分道扬镳,王红雷向东回西姚,赵洋向北回龙居。

这一次赵洋没有走小路,他先往西骑到解州初中门口然后右拐到了老街上,老街的西口就是关帝庙了。解州关帝庙是武庙之祖,全球最大。关羽原本只是三国时期一名普通的将领,却因为"忠、义、仁、勇"而受到顶礼膜拜,由侯而王、而帝、而君、而圣,终演变为威震华夏的武圣。"当时义勇倾三国,万古祠堂遍九州",解州的本地人更是尊称他为"关老爷"。农历六月廿四据说就是关老爷的诞辰,解州每年都要举办大型的庆祝活动。今天已经是7月25日,农历六月二十三了,明天就是关老爷的诞辰了,赵洋决定到关帝庙祭拜一下,也算是感谢一下关老爷的保佑吧!

老街不宽,今天正是逢会日子(解州农历三、六、九集会),太阳照样很毒,但依然人流如织,熙熙攘攘。赵洋一只脚撑着地,推着车子在人群中慢慢地滑行。不绝于耳的喧闹声在他听起来就像一曲生活的交响乐,聒噪杂乱、波动起伏才能显示出人间的千姿百态,真实的生活不就是这样吗?有吵有闹,有哭有笑。

进入关帝庙是需要门票的,赵洋没有问多少钱,因为他的口袋里一分洋都没有。在石雕牌楼前徘徊了许久，赵洋骑车来到正庙的照壁背后，这里正是关帝庙建筑的主轴线，穿过照壁、端门、雉门、午门、山海钟灵坊、御书楼和崇宁殿，可以直达后宫的"气肃千秋"牌坊和核心建筑春秋楼。赵洋把自行车推到一边撑好，站到主轴线上，双手合十，深深地鞠了三个躬，然后跨上自行车，开始回家。

骑到同蒲铁路解州火车站附近时，突然从南山刮过来一阵疾风，路两边池滩的水登时掀起一尺八高的浪花，"山雨欲来风满楼"，抬头看天上，原来一望无际的晴空瞬间涌满了乌云，铜钱大的雨点"噼里啪啦"就砸了下来。无处躲避，也不想躲避，赵洋把后座上装换洗衣服的包包用塑料布包紧绑实，蹬着车子执意前行，空旷的北门滩上就他一个人在大路上餐风沐雨。过了车盘，骤雨停歇，天地新洗，空气透凉，草木翠绿，路上寂静无人，四野无比清爽。赵洋全身上下里外透湿，他却丝毫没有狼狈之感，连日来的劳累突然间灰飞烟灭，他顿觉血潮澎湃、全身生劲，禁不住仰天大吼一声，脚下猛使劲，车子箭一般地朝家的方向冲去，脸颊上的泪水和着雨水纷纷滚落，被风吹散，身后的天空，云破日出，艳阳无比灿烂亮丽……